花间集

[后蜀] 赵崇祚 编
[唐] 温庭筠等 著
[宋] 赵佶等 插图

天津出版传媒集团
天津人民出版社

明／周之冕／百花图（局部）

序

武德军节度判官欧阳炯撰

镂玉雕琼，拟化工而迥巧；裁花剪叶，夺春艳以争鲜。是以唱云谣则金母^①词清，挹霞醴^②则穆王心醉。名高白雪^③，声声而自合鸾歌^④；响遏行云，字字而偏谐凤律。杨柳大堤^⑤之句，乐府相传；芙蓉曲渚之篇，豪家自制。莫不争高门下，三千玳瑁之簪；竞富樽前，数十珊瑚之树。则有绮筵公子，绣幌佳人，递叶叶之花笺，文抽丽锦；

---

① 金母：古神话传说中的女神。俗称西王母。《穆天子传》："天子宾于西王母，天子觞西王母于瑶池之上。西王母为天子谣曰：'白云在天，山陵自出。道里悠远，山川间之。将子无死，尚能复来。'"西王母所唱，后世称为"白云谣"。此指《花间集》收录的词如金母所唱的"白云谣"。
② 霞醴：王充《论衡校释》："曼都好道学仙，委家亡去，三年而返。家问其状，曼都曰：'去时不能自知……口饥欲食，仙人辄饮我以流霞一杯。每饮一杯，数月不饥。'"流霞即仙酒。
③ 白雪：刘向《新序》："辞客有歌于郢中者，其始曰下里巴人，国中属而和者数千人。其为阳陵采薇，国中属而和者数百人；其为阳春白雪，国中属而和者数十人而已也。"李周翰注："《阳春》《白雪》，高曲名也。"
④ 鸾歌：古代常将车铃声说成鸾声。鸾，通"銮"。《诗·小雅·庭燎》："君子至止，鸾声将将。"《诗·大雅·丞民》："四牡彭彭，八鸾锵锵。"
⑤ 杨柳大堤：暗用隋炀帝楼台船下扬州，运河两岸遍植杨柳的典故。乐府横笛曲有《折杨柳》，唐教坊曲名为《杨柳枝》。乐府旧题也有《大堤曲》《大堤行》，属相和歌曲。

举纤纤之玉指，拍按香檀。不无清绝之辞，用助妖娆之态。自南朝之宫体，扇北里之倡风。何止言之不文，所谓秀而不实。有唐已降，率土之滨，家家之香径春风，宁寻越艳；处处之红楼夜月，自锁嫦娥。在明皇朝，则有李太白应制《清平乐》词四首。近代温飞卿复有《金筌集》。迩来作者，无愧前人。今卫尉少卿，字弘基[①]，以拾翠洲边，自得羽毛之异；织绡泉底，独殊机杼之功。广会众宾，时延佳论。因集近来诗客曲子词五百首，分为十卷。以炯粗预知音，辱请命题，仍为序引。昔郢人有歌阳春者，号为绝唱，乃命之为《花间集》。庶以阳春之甲，将使西园[②]英哲，用资羽盖之欢；南国婵娟，休唱莲舟之引。时大蜀广政三年夏四月日序。

① 弘基：即赵崇祚，《花间集》编者，时任卫尉少卿。
② 西园：园林名。在河南省临漳县邺县旧治北，传为曹操所建。三国魏曹植《公宴诗》："清夜游西园，飞盖相追随。"

宋／于子明／莲池水禽图

目 录

温庭筠　六十六首

皇甫松　十二首

毛文锡　三十一首

牛希济　十一首

欧阳炯　十七首

和凝　二十首

顾夐　五十五首

孙光宪　六十一首

魏承班　十五首

鹿虔扆　六首

唐／张萱／虢国夫人游春图（赵佶 摹）（局部）

宋 / 马麟 / 梅竹图（局部）

温庭筠

六十六首

温庭筠（812—870），本名岐，字飞卿，太原祁（今山西祁县）人。才思敏捷，每试押官韵作赋，八叉手而成，时号"温八叉"。他傲视权贵，屡试不第，做过隋县尉、方城尉和国子助教，故《花间集》称其"温助教"。其词内容多写闺情，辞藻浓艳，结构绵密，词旨隐曲。胡仔《苕溪渔隐丛话》称其"工于造语，极为绮靡"，张惠言《词选序》称其言"深美闳约"。与韦庄并称"温韦"。

周文矩

五代 / 周文矩 / 宫女图

菩萨蛮

小山重叠金明灭①。鬓云欲度香腮雪。懒起画蛾眉②，弄妆梳洗迟。

照花前后镜，花面交相映。新帖绣罗襦③。双双金鹧鸪④。

其二

水精⑤帘里玻璃枕。暖香惹梦鸳鸯⑥锦。江上柳如烟。雁飞残月天。

藕丝秋色浅⑦。人胜参差剪⑧。双鬓隔香红⑨。玉钗头上风⑩。

---

① "小山"句：小山，屏风上绘的山景。金明灭，日光浮动。一说，唐代女子画眉，有一种叫"小山眉"。唐代的妇女喜欢在额上涂上黄色，叫"额黄"，隔了一夜，黄色有明有暗，所以说"金明灭"。

② 蛾眉：蚕蛾触须细长而弯曲，喻女子美丽的眉毛。

③ 襦：短上衣。古乐府诗《陌上桑》："湘绮为下裙，紫绮为上襦。"

④ 鹧鸪：鸟名。《本草纲目·禽部》："鹧鸪性畏霜露，夜栖以木叶蔽身，多对啼，今俗谓其鸣曰'行不得也哥哥'。"

⑤ 水精：水晶。无色透明的结晶石英，是一种贵重矿石。

⑥ 鸳鸯：水鸟名，常成对共游，羽毛美丽，人们常用鸳鸯来比喻匹偶。

⑦ "藕丝"句：衣裙染为藕丝色，像秋日蓝天之浅色。藕丝，青白色，这里借代为衣裙。李贺《天上谣》："粉霞红绶藕丝裙。"

⑧ "人胜"句：参差不齐的彩胜戴在头上。人胜，彩胜、花胜。《荆楚岁时记》："正月七日为人日……剪彩为人，或镂金薄为人以贴屏风，亦戴之头鬓。"

⑨ 香红：鲜花。

⑩ 头上风：指头上所饰花胜之类，随步迎风而微微颤动。

其三

蕊黄^①无限当山额。宿妆隐笑纱窗隔。相见牡丹时。暂来还别离。

翠钗金作股^②。钗上蝶双舞^③。心事竟谁知。月明花满枝。

其四

翠翘金缕双鸂鶒^④。水纹细起春池碧。池上海棠梨^⑤。雨晴红满枝。

绣衫遮笑靥。烟草粘飞蝶。青琐^⑥对芳菲。玉关^⑦音信稀。

---

① 蕊黄：额黄，因色如花蕊，故称。
② 股：钗的组成部分，如羽。《长恨歌》："钗留一股合一扇，钗擘黄金合分钿。"
③ 蝶双舞：钗头饰双蝶形，颤动时如飞舞状。
④ "翠翘"句：翠翘，鸟尾上翠色的长毛。鸂鶒（xī chì），水鸟名，形如鸳鸯，头有缨，尾羽上翘如船舵，俗名紫鸳鸯。此指女子鸂鶒形翡翠金缕首饰。
⑤ 海棠梨：即棠梨，落叶乔木，一般开白花。一说，指海棠花。
⑥ 青琐：古代门上的雕花装饰。周祈《名义考》："青琐，即今之门有亮隔者，刻镂为连琐文也，以青涂之。"
⑦ 玉关：玉门关，今甘肃省敦煌西北，唐时西边重镇。泛指边远的国土。

其五

杏花含露团香雪①。绿杨陌上②多离别。灯在月胧明。觉来③闻晓莺。

玉钩褰翠幕④。妆浅旧眉薄⑤。春梦正关情。镜中蝉鬓⑥轻。

其六

玉楼⑦明月长相忆。柳丝袅娜⑧春无力。门外草萋萋⑨。送君闻马嘶。

画罗金翡翠⑩，香烛销成泪。花落子规⑪啼。绿窗残梦迷。

---

① 香雪：如雪花带香。
② 绿杨陌上：有绿柳的陌上，自古多为离别之处。
③ 觉来：醒来。
④ "玉钩"句：玉钩，精美的帐钩。褰（qiān），扯挂。翠幕，翠色帷幕。
⑤ 旧眉薄：原来画的眉色已经淡薄。
⑥ 蝉鬓：鬓分两侧，梳成如蝉之两翼。《古今注》："魏文帝宫人莫琼树始制为蝉鬓，望之缥缈如蝉翼然。"
⑦ 玉楼：建筑精美的楼阁。
⑧ 袅娜：柔软细长的样子。
⑨ 萋萋：草木茂盛的样子。
⑩ 翡翠：鸟名，生活在水边，毛为蓝色和绿色，异常鲜艳，可做装饰品。《埤雅》："翠鸟或谓翡翠，雄赤曰翡，雌青曰翠。"
⑪ 子规：即杜鹃。《埤雅》："杜鹃一曰子规，苦啼，啼血不止。一名怨鸟，夜啼达旦，血渍草木。凡始鸣皆北向，啼苦则倒悬于树枝。"

其七

凤皇相对盘金缕①。牡丹一夜经微雨。明镜照新妆。鬓轻双脸长。

画楼相望久。栏外垂丝柳。音信不归来②。社前双燕回。

其八

牡丹花谢莺声歇。绿杨满院中庭月③。相忆梦难成。背④窗灯半明。

翠钿⑤金压脸。寂寞香闺掩。人远泪阑干⑥。燕飞春又残。

---

① "凤皇"句：衣上用金线绣成相对的凤凰图案。
② "音信"句：指所念之人音信不来，社日前双燕飞回，有"燕来人不来"意。社，社日，古代祭神的日子。《荆楚岁时记》："社日，四邻并结宗会社，宰牲牢，为屋于树下，先祭神，然后享其胙。"此指春社。燕又称社燕，春社前来，秋社后去，是一种候鸟。
③ "牡丹"二句：写暮春时的花月景色。莺，鸣禽类，体小，鸣声清脆。
④ 背：闭、掩。张泌《浣溪沙》"绣屏愁背一灯斜"，毛熙震《菩萨蛮》"小窗灯影背"。
⑤ 翠钿（diàn）：用翡翠石或珠玉金银等制成的形如花朵的首饰。
⑥ 阑干：交错纵横的样子。

五代 / 徐熙 / 梅花双鹤图

其九

满宫①明月梨花白。故人万里关山②隔。金雁一双飞。泪痕沾绣衣③。

小园芳草绿。家住越溪④曲。杨柳色依依，燕归君不归⑤。

其十

宝函钿雀金鸂鶒⑥。沉香阁上吴山碧⑦。杨柳又如丝。驿桥春雨时。

画楼音信断。芳草江南岸。鸾镜与花枝。此情谁得知⑧。

---

① 宫：《经典释文》："古者贵贱同称宫，秦汉以来，惟王者所居称宫焉。"此指普通住宅，非指皇宫。

② 关山：关隘山岭。

③ "金雁"二句：见金雁双飞，不禁涕泪沾衣。金雁，筝柱。一说，指绣衣上的双雁。

④ 越溪：古代越国美女西施浣纱之处。此以西施自比。曲，水流弯曲之处。

⑤ "杨柳"二句：见柳色依依含情，燕已归来而所念之人却不归。依依，柔弱摇曳之貌。《诗经·小雅·采薇》："昔我往矣，杨柳依依。"

⑥ "宝函"句：精美的首饰盒上镂刻的鸟形花纹。

⑦ "沉香"句：在沉香阁上看见吴山碧色，春意盎然。沉香阁，泛指华贵的楼阁。李白《清平调》："解释春风无限恨，沉香亭北倚阑干。"吴山，泛指江苏浙江一带的山丘。

⑧ "鸾镜"二句：每日对鸾镜，饰花枝，此中情意，又有谁知呢？也可解释为，相思之情无人理解，只有眼前的妆镜和花枝知道，"枝""知"谐音双关。范泰《鸾鸟诗序》："罽（jì）宾王获彩鸾鸟，欲其鸣而不能致。夫人曰：'尝闻鸟见其类而后鸣，可悬镜以映之。'王从其言，鸾睹影悲鸣，哀响中宵，一奋而绝。"后称镜子为"鸾镜"。

其十一

南园满地堆轻絮^①。愁闻一霎^②清明雨。雨后却斜阳，杏花零落香。

无言匀睡脸。枕上屏山掩。时节欲黄昏。无聊独倚门。

其十二

夜来皓月才当午^③。重帘^④悄悄无人语。深处麝烟^⑤长。卧时留薄妆。

当年还自惜。往事那堪忆。花露月明残。锦衾^⑥知晓寒。

① 轻絮：喻杨花。又称柳絮、柳绵。
② 一霎：时间短促，一阵子。
③ 当午：正当中天。
④ 重帘：帘幕重重，说明闺深。
⑤ 麝烟：加有麝香的香炷，点燃时芳香弥漫。
⑥ 锦衾：丝织品制成的被褥。衾，被子。

其十三

雨晴夜合^①玲珑日。万枝香袅红丝拂。闲梦忆金堂。满庭萱草^②长。

绣帘垂簏簌^③。眉黛远山^④绿。春水渡溪桥。凭栏魂欲销^⑤。

其十四

竹风轻动庭除^⑥冷。珠帘月上玲珑影。山枕^⑦隐^⑧秾妆。绿檀金凤皇。

两蛾愁黛浅。故国吴宫远。春恨正关情。画楼残点声^⑨。

---

① 夜合：合欢的别名。晋周处《风土记》："夜合，叶晨舒而暮合。一名合昏。"

② 萱草：俗称金针菜、黄花菜。花漏斗状，橘黄色或橘红色。古人以为种植此草，可以使人忘忧，因称忘忧草。

③ 簏簌：下垂貌。

④ 远山：形容女子秀丽之眉。《西京杂记》："文君姣好，眉色如望远山，脸际常若芙蓉。"

⑤ 魂欲销：灵魂离开肉体。形容极其哀愁。江淹《别赋》："黯然销魂者，唯别而已矣。"

⑥ 庭除：庭阶。除，廊阶，台阶。

⑦ 山枕：枕形边高中凹，如山形。

⑧ 隐：隐藏，隐没。一说，倚靠。《孟子·公孙丑》："隐几而卧。"赵歧注："隐，倚也。"指闺妇倚在枕头上。

⑨ 残点声：漏壶计时的滴水之声。漏尽更残，即天将晓时。

五代／顾闳中／韩熙载夜宴图（局部）

更漏子

柳丝长，春雨细。花外漏声迢递①。惊塞雁，起城乌。画屏金鹧鸪②。

香雾薄，透帘幕。惆怅谢家③池阁。红烛背，绣帘垂。梦长君不知。

其二

星斗稀，钟鼓歇。帘外晓莺残月。兰露④重，柳风斜，满庭堆落花。

虚阁⑤上。倚栏望。还似去年惆怅。春欲暮，思无穷。旧欢如梦中。

---

① 迢递：悠长，连续不断。
② "惊塞雁"三句：写春雨打叶之声，使塞雁惊，城乌起，唯画屏金鹧鸪不为所动。塞雁，塞外南归之雁。城乌，城头栖宿的乌鹊。金鹧鸪，用金彩绘画在屏风上的鹧鸪。
③ 谢家：闺房。晋王凝之妻谢道韫有文才，后人因称才女为"谢娘"。唐宰相李德裕家谢秋娘为名歌妓。后因以"谢娘"泛指歌妓。此处泛指金闺。另，"谢家池阁"用南朝谢灵运典，指高门世族的家园。
④ 兰露：兰草上的露珠。
⑤ 虚阁：空阁。

其三

金雀钗[①]，红粉面。花里暂时相见。知我意，感君怜。此情须问天。

香作穗。蜡成泪。还似两人心意。山枕腻，锦衾寒。觉来更漏残。

其四

相见稀，相忆久。眉浅淡烟如柳。垂翠幕，结同心。待郎熏绣衾。

城上月。白如雪。蝉鬓美人愁绝。宫树暗，鹊桥[②]横。玉签[③]初报明。

---

① 金雀钗：首饰，即金爵钗，又叫凤头钗。《长恨歌》："花钿委地无人收，翠翘金雀玉搔头。"

② 鹊桥：传说七夕那夜，牛郎织女相会，乌鹊填河成桥，而渡织女。《风俗通》："织女七夕当渡河，使鹊为桥。"此处指天河。天河位置移动，表明夜间时光不早。

③ 玉签：用来报时的器具。《陈书·世祖纪》："每鸡人司漏传更签于殿，乃令送者必报签于阶石之上，令锵然有声。"

其五

背江楼，临海月。城上角声①呜咽。堤柳动，岛烟昏。两行征雁分。

京口②路。归帆渡。正是芳菲欲度。银烛尽，玉绳③低。一声村落鸡。

其六

玉炉④香，红蜡泪。偏照画堂秋思。眉翠薄，鬓云残。夜长衾枕寒。

梧桐树。三更雨。不道⑤离情正苦。一叶叶，一声声，空阶滴到明⑥。

---

① 角声：画角的声音。画角是古代军中的乐器之一，用来司号令、整军容。《弦管记》："胡角有双角，即今画角。"角上绘有五彩，分长鸣（双角）和中鸣之别，长鸣慢声激昂，中鸣尤其悲切。

② 京口：今江苏镇江。

③ 玉绳：星名。常泛指群星。张衡《西京赋》："上飞闼而仰眺，正睹瑶光与玉绳。"李善注引《春秋元命苞》："玉衡北两星为玉绳。"

④ 玉炉：形容香炉精美。

⑤ 不道：不顾、不管。王昌龄《送姚司法归吴》："但令意远扁舟近，不道沧江百丈深。"

⑥ "一叶叶"三句：一夜无眠却未说破。

宋 / 朱绍宗 / 菊丛飞蝶图

归国遥

香玉 ①。翠凤宝钗垂簏簌。钿筐交胜金粟 ②。越罗春水渌 ③。

画堂照帘残烛。梦余更漏促。谢娘无限心曲 ④。晓屏山断续。

其二

双脸。小凤战蓖金贴艳 ⑤。舞衣无力风敛。藕丝 ⑥ 秋色染。

锦帐绣帷斜掩。露珠清晓簟。粉心黄蕊花靥 ⑦。黛眉山两点。

---

① 香玉：泛指头上精美的首饰。
② "翠凤"二句：翠凤饰成钗头的宝钗，下垂着穗子，还有钿筐、金粟和交错的彩胜戴在头上。宝钗、钿筐、彩胜、金粟，皆为首饰。桂花也称金粟，因花蕊如金粟点缀枝头，这里指首饰如金粟状。交胜，彩胜在头上交错戴着。
③ "越罗"句：衣用越罗制成，其色如春水碧绿。越罗，古越国（苏杭一带）之地所产罗绸，轻薄美观。
④ 心曲：内心深处，后常指心中的委曲之事或难言之情。这里是伤心的意思。
⑤ "小凤"句：饰有彩凤的小蓖子别在头上，闪着金光。蓖（bì），梳头的工具，比梳子齿密，疑指蓖子形的首饰。战，通"颤"。贴（zhǎn），风吹飘动。
⑥ 藕丝：颜色之一，见温词《菩萨蛮》"其二"注。
⑦ 花靥（yè）：妇女面上的妆饰物。唐段成式《酉阳杂俎》："今妇人面饰用花子，起自上官昭容，所制以掩黥迹。"明杨慎《丹铅录》："唐韦固妻少为盗所刃，伤靥，以翠掩之。女妆遂有靥饰。""翠靥""花靥""金靥""金靥子""星靥"均指此种妆饰。

五代／阮郜／阆苑女仙图卷（局部）

酒泉子

花映柳条。闲向绿萍池上。凭栏干，窥细浪。雨萧萧①。

近来音信两疏索②。洞房③空寂寞。掩银屏，垂翠箔④。度春宵。

其二

日映纱窗。金鸭⑤小屏山碧。故乡春，烟霭⑥隔。背⑦兰釭⑧。

宿妆惆怅倚高阁。千里云影薄。草初齐，花又落。燕双双。

① 萧萧：形容细雨连绵。
② 疏索：稀疏冷落。两疏索指双方都未得到音信。
③ 洞房：幽深的闺房。
④ 翠箔：绿色的帘幕。
⑤ 金鸭：一种镀金的鸭形铜香炉。
⑥ 烟霭：云烟，这里指室内烟雾。
⑦ 背：闭灭。
⑧ 兰釭：燃兰膏的灯。亦用以指精致的灯具。

其三

楚女^①不归。楼枕小河春水^②。月孤明，风又起，杏花稀。

玉钗斜篸^③云鬓髻。裙上金缕凤^④。八行书^⑤，千里梦，雁南飞。

其四

罗带惹香。犹系别时红豆^⑥。泪痕新，金缕旧。断离肠。

一双娇燕语雕梁。还是去年时节。绿阴浓，芳草歇^⑦。柳花狂。

---

① 楚女：泛指南国女子。
② "楼枕"句：楼阁坐落在小河春水之畔。枕，坐落。
③ 篸：同"簪"，斜别着，插着。
④ 金缕凤：金线绣成的凤鸟图形。
⑤ 八行书：指书信，古信笺每页八行。《寰宇记》："益州旧贡薛涛十色笺，短狭才容八行。"孟浩然《登万岁楼》："今朝偶见同袍友，却喜家书寄八行。"
⑥ 红豆：又名相思子，生于岭南，果实为荚，种子大如豌豆，色鲜红，有黑色斑点，可供妆饰和药用。《古今诗话》："相思子圆而红。昔有人殁于边，其妻思之，哭于树下而卒，因以名之。"王维《相思》："红豆生南国，春来发几枝。愿君多采撷，此物最相思。"
⑦ 歇：深邃，这里形容幽深的草丛。一说，芳草长势极盛，已停止生长。

宋 / 李嵩 / 花篮图

定西番

汉使^①昔年离别。攀弱柳^②，折寒梅^③。上高台^④。

千里玉关春雪。雁来人不来。羌笛一声愁绝。月徘徊。

其二

海燕^⑤欲飞调羽。萱草绿，杏花红。隔帘栊^⑥。

双鬓翠霞金缕。一枝春艳浓。楼上月明三五。琐窗中。

① 汉使：张骞。张骞出使西域，使汉朝与西域各国建立了友好关系，西域第一次与内地联系成一体，张骞死后，西域人常怀念他。
② 攀弱柳：攀折细柳枝表示赠别。《三辅黄图》："霸桥在长安东，跨水作桥，汉人送客至此桥，折柳赠别。"
③ 折寒梅：折梅花赠远人。《荆州记》："宋陆凯与范晔相善，自江南寄梅一枝，并赠诗曰：'折梅逢驿使，寄与陇头人。江南无所有，聊赠一枝春。'"
④ 上高台：征夫游子，常登高台，遥望故乡。《乐府诗集·临高台》解题："齐谢朓千里常思归，但言临望伤情而已。"
⑤ 海燕：燕子。古人认为燕子从海上来，故称。
⑥ 帘栊：窗帘和窗牖。也泛指门窗的帘子。

其三

细雨晓莺春晚。人似玉，柳如眉。正相思。

罗幕翠帘初卷。镜中花一枝。肠断[1] 塞门[2] 消息。雁来稀。

---

① 肠断：表示极度悲切。《世说新语·黜免》："桓公入蜀，至三峡中，部伍中有得猿子者，其母缘岸哀号，行百余里，不去，遂跳上船，至便即绝。破视其腹中，肠皆寸寸断。"

② 塞门：塞外关口。颜延年《赭白马赋》："简伟塞门，献状绛阙。"李善注："塞，紫塞也。有关，故曰门。"崔豹《古今注》："秦筑长城，土色皆紫，汉塞亦然，故称紫塞。"

宋 / 毛益（传）/ 蜀葵游猫图

杨柳枝

宜春苑^①外最长条。闲袅春风伴舞腰。正是玉人肠绝处，一渠春水赤栏桥^②。

其二

南内^③墙东御路傍。须知春色柳丝黄。杏花未肯无情思，何事行人最断肠。

---

①宜春苑：秦宫名。《史记·秦始皇本纪》："（赵高）以黔首葬二世杜南宜春苑中。"《三辅黄图》："宜春宫本秦离宫，在长安城东南，杜县东，近下杜，又有宜春下苑。在京城东南隅。"庾信《春赋》："宜春苑中春已归，披香殿里著春衣。"唐代改建为曲江，今陕西西安市长安区南。

②赤栏桥：桥名，疑在宜春苑附近。这里写美人自伤，见一溪春水，潺潺流过赤栏桥下，更添排恻之情。《通典》载，隋开皇三年筑京城，引香积渠水，自赤栏桥经第五桥西北入城。

③南内：天子的宫禁叫"大内"，简称"内"。《旧唐书·玄宗纪》载，"兴庆宫"在"隆庆坊"，本玄宗故宅，在"东内"之南，故名"南内"。白居易《长恨歌》："西宫南内多秋草，落叶满阶红不扫。"

其三

苏小^①门前柳万条，毵毵^②金线拂平桥。黄莺不语东风起，深闭朱门^③伴舞腰。

其四

金缕毵毵碧瓦沟^④。六宫^⑤眉黛惹香愁。晚来更带龙池^⑥雨，半拂栏干半入楼。

---

① 苏小：苏小小，南齐时钱塘一带的名妓，才盖群士，容貌绝美，其家门前多柳。
② 毵毵（sān）：形容细长的样子。指细柳如金线。
③ 朱门：富豪人家的大门，常漆朱红色。
④ "金缕"句：金色的柳丝与碧绿的瓦槽交相辉映。金缕，指柳条。碧瓦沟，屋上碧绿的琉璃瓦槽。
⑤ 六宫：古代天子立六宫。《周礼》："天子后立六宫：三夫人，九嫔，二十七世妇，八十一御妻，以听天下之内治。"郑玄注："六宫者，前一宫，后五宫也，三者，后一宫，三夫人一宫，九嫔一宫，二十七世妇一宫，八十一御妻一宫，凡百二十人。"
⑥ 龙池：玄宗故宅隆庆坊，宅中有井，井溢成池，中宗时，井上常有龙云呈祥，故称。此喻帝王恩泽。

其五

馆娃①宫外邺城②西。远映征帆近拂堤。系得王孙归意切，不关芳草绿萋萋③。

其六

两两黄鹂④色似金。袅枝啼露动芳音。春来幸自长如线，可惜牵缠荡子⑤心。

① 馆娃：古代吴宫名。春秋吴王夫差为西施所造。在今江苏省苏州市西南灵岩山上，灵岩寺即其旧址。

② 邺城：三国时魏都，今河北省临漳县，曹操曾筑铜雀台在此。

③ "不关"句：见芳草也会引起思归之情，今见柳枝，同样也产生思归之情，不必与芳草有关。刘安《招隐士》："王孙游兮不归，春草生兮萋萋。"

④ 黄鹂：黄莺，色黄而艳，嘴淡红，鸣声悦耳。《诗经·周南·葛覃》："维叶萋萋，黄鸟于飞，集于灌木，其鸣喈喈。"

⑤ 荡子：久游在外而忘返之人。《古诗十九首》："昔为倡家女，今为荡子妇。荡子行不归，空床难独守。"

其七

御柳①如丝映九重②。凤皇窗映绣芙蓉③。景阳楼④畔千条路，一面新妆待晓风。

其八

织锦⑤机边莺语频。停梭垂泪忆征人。塞门三月犹萧索，纵有垂杨未觉春。

---

① 御柳：皇宫中的柳树。

② 九重：指皇宫，极言其深远。《楚辞·九辩》："岂不郁陶而思君兮，君之门以九重。"

③ 芙蓉：荷花。《古诗十九首》："涉江采芙蓉，兰泽多芳草。"

④ 景阳楼：宫内钟楼。《南齐书》载，齐武帝以宫内深隐，不闻端门鼓漏声，置钟于景阳楼上，宫人闻钟声早起妆饰。

⑤ 织锦：《晋书·列女传·窦滔妻苏氏》："窦滔妻苏氏，始平人也，名蕙，字若兰，善属文。滔，苻坚时为秦州刺史，被徙流沙，苏氏思之，织锦为回文旋图诗以赠滔。宛转循环以读之，词甚凄惋。"相传其锦纵横八寸，题诗二百余首，计八百余言，纵横反复，皆成章句。后指妻子的书信诗简，亦用以赞扬妇女的绝妙才思。

宋 / 佚名 / 征人晓发图

南歌子

手里金鹦鹉，胸前绣凤皇①。偷眼暗形相②。不如从嫁与，作鸳鸯。

其二

似带如丝柳，团酥握雪花。帘卷玉钩斜。九衢③尘欲暮，逐香车④。

---

① "手里"二句：手里玩弄着金鹦鹉，胸前绣着凤凰花纹，写富贵公子的形象。一说，写女子的形象，这二句，一指小针线，一指大针线，小件拿在手里，所以说"手里金鹦鹉"；大件绷在架子上，俗称"绷子""绣床"，人坐在前，约齐胸，所以说"胸前绣凤凰"，和下面"作鸳鸯"对照，结出本意。
② 形相（xiàng）：察看、打量，唐代俗语。
③ 九衢：繁华的道路。
④ 香车：华贵的车马。

其三

　　倭堕[1]低梳髻，连娟[2]细扫眉。终日两相思。为君憔悴尽，百花时[3]。

其四

　　脸上金霞细，眉间翠钿深。欹枕覆鸳衾。隔帘莺百啭，感君心。

---

① 倭堕：发髻的形状。古乐府《陌上桑》："头上倭堕髻，耳中明月珠。"
② 连娟：弯曲纤细。
③ 百花时：指春天。

其五

扑蕊添黄子^①，呵花满翠鬟。鸳枕映屏山。月明三五夜^②，对芳颜。

其六

转盼^③如波眼，娉婷^④似柳腰。花里暗相招。忆君肠欲断，恨春宵。

---

① 黄子：古妇女额间点黄。又，古妇女面上用花靥装饰。
② "月明"句：正是十五月圆之夜，月色格外明朗。
③ 转盼：转动目光。一作"转盼"。
④ 娉婷：姿态美好貌。

其七

懒拂鸳鸯枕，休缝翡翠裙。罗帐罢鑪熏①。近来心更切，为思君。

---

① "懒拂"三句：懒得抹拭鸳鸯枕上的灰尘，不去缝裂开了的翡翠裙，罗帐里也不再燃香熏。

宋／赵昌／写生蛱蝶图卷

河渎神

河上望丛祠。庙前春雨来时。楚山无限鸟飞迟。兰棹①空伤别离。

何处杜鹃啼不歇。艳红开尽如血。蝉鬓美人愁绝。百花芳草佳节。

其二

孤庙对寒潮。西陵②风雨萧萧。谢娘惆怅倚兰桡③。泪流玉箸④千条。

暮天愁听思归乐⑤。早梅香满山郭⑥。回首两情萧索。离魂⑦何处飘泊。

---

① 棹：船桨。这里以"桨"代船，指用香木所造的船，泛指精美的船。

② 西陵：峡名，今湖北宜昌市西北，又名夷陵，为长江三峡之一。

③ 兰桡（ráo）：小舟的美称。

④ 玉箸（zhù）：喻眼泪。冯贽《记事珠》："鲛人之泪，圆者成明珠，长者成玉箸。"
李白《闺情诗》："玉箸日夜流，双双落朱颜。"

⑤ 思归乐：此指杜鹃啼声，近似"不如归去"，故名。元稹《思归乐》："山中思归
乐，尽作思归鸣。"白居易《和思归乐》："山中独栖鸟，夜半声嘤嘤，似道思归乐，
行人掩泣听。"又解：《思归乐》为曲调名，又称《思归引》，《文选·石季伦思归
引序》："困于人间烦黩，常思归而永叹，寻览乐篇《思归引》，倘古人之情，有
同于今，故制此曲。"

⑥ 山郭："郭"本为外城，即城外加筑的一道城墙。此指山的边缘。

⑦ 离魂：与"别魂"意同。江淹《别赋》："知离梦之踯躅，意别魂之飞扬。"

其三

铜鼓①赛神②来。满庭幡③盖④徘徊。水村江浦过风雷。楚山如画烟开。

离别橹声空萧索。玉容惆怅妆薄。青麦⑤燕飞落落⑥。卷帘愁对珠阁。

① 铜鼓：古代南边少数民族的乐器，如坐墩，中空，满鼓皆有细花纹，四角有小蟾蜍，两人抬着走，击之声如鞞鼓。
② 赛神：赛神会，又称"赛会"。唐代风俗，在神诞生之日，具备仪仗、金鼓、杂戏等，迎神出庙，周游街巷。
③ 幡：一种窄长的旗子，垂直悬挂。
④ 盖：荷盖，像伞一样的仪仗器物。
⑤ 青麦：麦青时节，约夏历三月。
⑥ 落落：形容燕子飞行悠然自在的样子。

宋 / 萧照 / 秋山红树图

女冠子

含娇含笑。宿翠残红①窈窕②。鬓如蝉。寒玉簪秋水，轻纱卷碧烟。

雪胸鸾镜里，琪树③凤楼④前。寄语⑤青娥⑥伴，早求仙。

其一

霞帔⑦云发。钿镜⑧仙容似雪。画愁眉。遮语回轻扇，含羞下绣帏。

玉楼相望久，花洞⑨恨来迟。早晚乘鸾⑩去，莫相遗。

① 宿翠残红：指脸面上的残妆，未重新打扮。

② 窈窕（yǎo tiǎo）：娴静美好貌。

③ 琪树：仙家的玉树。

④ 凤楼：泛指华丽的楼阁。鲍照《代陈思王京洛篇》："凤楼十二重，四户八绮窗。"这里是指仙家所居之楼。

⑤ 寄语：传信。

⑥ 青娥：指美丽的少女。

⑦ 霞帔：彩色的披肩。

⑧ 钿镜：用金片装饰的镜子。

⑨ 花洞：百花遍开的仙洞。

⑩ 鸾：仙人所乘坐的鸾凤之类。《集仙录》载，天使降时，鸾鹤千万，群仙毕集，位高者乘鸾，次乘麒麟，次乘龙。

玉胡蝶

秋风凄切伤离。行客未归时。塞外草先衰。江南雁到迟^①。

芙蓉^②凋嫩脸。杨柳堕新眉。摇落使人悲。断肠谁得知。

---

① 雁到迟：双关，有"雁书"到迟之意。
② 芙蓉：如荷花一样美丽的面容。

宋 / 王诜 / 绣枕晓镜图

宋 / 佚名 / 春游晚归图

清平乐

上阳①春晚。宫女愁蛾浅。新岁清平②思同辇③。争奈长安路远。

凤帐鸳被徒熏。寂寞花锁千门。竞把黄金买赋④，为妾将上明君。

其一

洛阳愁绝。杨柳花飘雪。终日行人恣攀折。桥下水流呜咽。

上马争劝离觞⑤。南浦⑥莺声断肠。愁杀⑦平原⑧年少，回首挥泪千

行。

① 上阳：唐宫名，高宗时建于洛阳。在禁苑之东，东接皇城之西南隅。

② 清平：世道太平。

③ 辇（niǎn）：古时用人力拉的车子，后多用来指皇帝坐的车。《通典·礼典》："夏后氏末代制辇，秦为人君之乘，汉因之。"《一切经音义》："古者卿大夫亦乘辇，自汉以来，天子乘之。"

④ 黄金买赋：司马相如《长门赋序》："孝武皇帝陈皇后，时得幸，颇妒，别在长门宫，愁闷悲思，闻蜀郡司马相如天下工为文，奉黄金百斤，为相如、文君取酒，因于解悲愁之辞，而相如为文以悟主上，陈皇后复得亲幸。"

⑤ 觞（shāng）：酒杯。离觞是离别时所用的酒器。

⑥ 南浦（pǔ）：泛指送别之地。浦是水边的意思。江淹《别赋》："送君南浦，伤如之何！"

⑦ 愁杀：愁到极点。

⑧ 平原：古地名，战国时赵国的都邑，今山东平原县。

遐方怨

凭绣槛，解罗帏。未得君书，断肠潇湘①春雁②飞。不知征马③几时归。海棠花谢④也，雨霏霏。

其二

花半拆⑤，雨初晴。未卷珠帘，梦残惆怅闻晓莺。宿妆眉浅粉山横⑥。约鬟⑦鸳镜里，绣罗轻。

---

① 潇湘：湘江与潇水的并称。多借指今湖南地区。
② 春雁：春日雁往北去。雁飞来又飞去了，而征人至今未归。
③ 征马：以"征马"概括"征人"。
④ 海棠花谢：暮春之时。
⑤ 拆：一作"坼"，裂开。指花朵半开。
⑥ "宿妆"句：隔宿的妆淡了，眉黛浅了，眉深如望远山，眉浅则如望粉山。
⑦ 约鬟：梳拢头发，绾成环形发髻。

唐 / 周昉 / 调琴啜茗图

诉衷情

莺语。花舞。春昼午。雨霏微 ①。金带枕 ②。宫锦 ③。凤皇帷。柳弱蝶交飞。依依。辽阳 ④ 音信稀。梦中归。

思帝乡

花花 ⑤。满枝红似霞。罗袖 ⑥ 画帘肠断，卓香车 ⑦。回面共人闲语。战篦金凤斜。唯有阮郎 ⑧ 春尽，不归家。

---

① 霏微：细雨弥漫。
② 金带枕：以金带装饰的枕头。
③ 宫锦：皇宫中所用锦绸之类，这里指床上用的被垫均用宫锦所制，言其富丽。
④ 辽阳：今辽宁省辽河以东，当时是边防要地，征戍之人所居。
⑤ 花花：花朵繁多意。
⑥ 罗袖：指女子。
⑦ 卓香车：立在散发芬芳的车上。卓，站立。
⑧ 阮郎：泛指心爱的男子。《神仙传》载，汉刘晨、阮肇入天台山采药，遇二仙女，行夫妻之礼，半年后求归。到家发现，世上已是他们第七代子孙。后用"刘阮""刘郎""阮郎"指久去不归的心爱男子。

梦江南

千万恨，恨极在天涯①。山月不知心里事，水风空落眼前花。摇曳碧云②斜。

其二

梳洗罢，独倚望江楼。过尽千帆皆不是，斜晖脉脉③水悠悠。肠断白蘋洲④。

---

① 天涯：天边。指极远的地方。
② 碧云：青云，碧空中的云。
③ 脉脉：形容藏在内心的思想感情，有默默地用眼睛表达情意的意思。
④ 白蘋洲：泛指长满白色蘋花的沙洲。

河传

江畔。相唤。晓妆鲜。仙景个女①采莲。请君莫向那岸边。少年。好花新满舡②。

红袖摇曳逐风暖。垂玉腕。肠向柳丝断。浦南归。浦北归。莫知③。晚来人已稀。

其二

湖上。闲望。雨萧萧④。烟浦花桥路遥。谢娘翠娥⑤愁不消。终朝。梦魂迷晚潮。

荡子⑥天涯归棹⑦远。春已晚。莺语空肠断。若耶溪⑧。溪水西。柳堤。不闻郎马嘶。

---

① 个女：一个少女。
② 舡：同"船"。
③ "浦南归"三句：采莲女见少年后的感情变化，被情绪所迷，不辨归路，从南浦回家？还是从北浦回家？主意难定。一说，指采莲女不见少年，猜想他是从南浦去了还是从北浦去了？不知道。
④ 萧萧：或写作"潇潇"，形容刮风下雨的状态。
⑤ 谢娘翠娥：泛指思妇。娥，一作"蛾"。
⑥ 荡子：离家之人。
⑦ 归棹：归舟，以棹代船。
⑧ 若耶溪：水名，今浙江绍兴县南，传说西施曾在此处浣纱。此言"若耶溪"，是以西施之美自喻。

宋／佚名（旧传阎立本）／北齐校书图卷（局部）

其三

同伴。相唤。杏花稀。梦里每愁依违[1]。仙客[2]一去燕已飞。不归。泪痕空满衣。

天际云鸟引晴远[3]。春已晚。烟霭渡南苑。雪梅香。柳带长。小娘。转令人意伤。

---

① 依违：原意是形容声音忽离忽合。曹植《七启》："飞声激尘，依违厉响。"这里是指人的离合，重在离。
② 仙客：古人指某些特异的动植物，如鹿、鹤、琼花、桂花等，皆有"仙客"之称。这里指"鹤"，相传仙人多骑鹤，故称之为"仙客""仙禽"。
③ 引晴远：使人觉得晴空宽阔辽远。"晴""情"谐音，双关。

蕃女怨

万枝香雪^①开已遍。细雨双燕。钿蝉筝^②，金雀扇^③。画梁相见。雁门^④消息不归来。又飞回。

其二

碛^⑤南沙上惊雁起。飞雪千里。玉连环^⑥，金镞箭^⑦。年年征战。画楼离恨锦屏空。杏花红。

---

① 香雪：指春天白色的花朵。
② 钿蝉筝：筝上用金片作蝉装饰。
③ 金雀扇：绘有金雀的扇子。
④ 雁门：雁门关。《山海经》："雁门，雁飞出于其间。"旧址在山西省代县西北雁门山上。《代州志》：唐置关于绝顶，两山夹峙，形势雄险，自古为戍守重地。这里泛指西北边塞。
⑤ 碛（qì）：水中沙滩，此处指沙漠。
⑥ 玉连环：套连在一起的玉环。
⑦ 金镞箭：饰以金箭头的箭，常用作信契。

荷叶杯

一点露珠凝冷。波影。满池塘。绿茎红艳两相乱。肠断。水风凉。

其二

镜水^①夜来秋月。如雪。采莲时。小娘^②红粉对寒浪。惆怅。正相思。

其三

楚女欲归南浦。朝雨。湿愁红^③。小舡摇漾入花里。波起。隔西风。

---

① 镜水：镜湖，鉴湖。
② 小娘：采莲少女。
③ 湿愁红：雨湿带愁的荷花。红，荷花。

宋/佚名/荷塘按乐图（局部）

宋 / 佚名 / 红蓼水禽图

皇甫松

十二首

皇甫松，生卒未详，字子奇，自号"檀栾子"。新安（今浙江建德附近）人。行事也不可考，只知是皇甫湜之子、牛僧孺之甥，终生未仕。唐昭宗光化三年，韦庄奏请追赐温庭筠、皇甫松等人进士及第，故《花间集》称其为"皇甫先辈"，盖唐人称进士为先辈。

宋 / 佚名 / 海棠蛱蝶图

天仙子

晴野鹭鸶^①飞一只。水荭^②花发秋江碧。刘郎此日别天仙，登绮席。泪珠滴。十二晚峰^③高历历。

其二

踯躅^④花开红照水。鹧鸪飞绕青山觜^⑤。行人经岁始归来，千万里。错相倚。懊恼天仙应有以^⑥。

---

① 鹭鸶：白鹭。因其头顶、胸、肩、背部皆生长毛如丝，故称。
② 水荭（hóng）：亦作"水葒"，水草名。花红色或白色。
③ 十二晚峰：巫山以上，群峰连绵，其尤突出者有十二峰。李端《巫山高》："巫山十二峰，皆在碧虚中。"
④ 踯躅：杜鹃花的别名，又名"映山红"。
⑤ 觜：同"嘴"，山口。
⑥ 以：因，缘由。

浪淘沙

滩头细草接疏林。浪恶罾舡^①半欲沉。宿鹭眠鸥飞旧浦，去年沙觜^②是江心。

其二

蛮歌豆蔻北人愁^③。蒲雨杉风^④野艇^⑤秋。浪起鸼鹭^⑥眠不得，寒沙细细入江流。

---

① 罾舡：渔船。罾，渔网。
② 沙觜：一端连陆地、一端突出水中的带状沙滩。常见于低海岸和河口附近。
③ "蛮歌"句：南方人唱豆蔻歌北方人听了发愁。蛮，泛指南方的人。
④ 蒲雨杉风：蒲丛杉林被风雨笼罩。
⑤ 艇：小舟。
⑥ 鸼鹭（jiāo jīng）：池鹭。

宋 / 佚名 / 白头丛竹图

杨柳枝

春入行宫映翠微^①。玄宗侍女舞烟丝^②。如今柳向空城绿，玉笛何人更把吹。

其二

烂熳^③春归水国^④时。吴王宫殿^⑤柳丝垂。黄莺长叫空闺畔，西子^⑥无因更得知。

---

① 翠微：指青翠掩映的山腰幽深处。
② 舞烟丝：指宫女舞腰袅娜，如烟柳之丝。
③ 烂熳：即烂漫。
④ 水国：泛指水乡泽国。
⑤ 吴王宫殿：春秋时吴王夫差的宫殿。
⑥ 西子：西施。春秋时越国美女。越王勾践为吴国所败，退守会稽，范蠡取西施献吴王夫差，使其迷惑忘政，后被越所灭。

摘得新

酌一卮①。须教玉笛吹②。锦筵③红蜡烛，莫来迟。繁红④一夜经风雨，是空枝。

其二

摘得新。枝枝叶叶春。管弦兼美酒，最关人⑤。平生都得几十度，展香茵⑥。

---

① 卮（zhī）：酒器，容量四升。
② "须教"句：须让玉笛吹奏乐曲伴饮。
③ 锦筵：美盛的筵席。
④ 繁红：繁花。
⑤ "管弦"二句：音乐加上美酒，最能诱人激情。管弦，以乐器代音乐声。关人，关系到人的情怀，与"关情"同意。
⑥ "平生"二句：一生能有几十回，得到这样铺展芳香垫席的好时机。茵，垫子，褥子。

唐／张萱／捣练图（局部）（赵佶 摹）

梦江南

兰烬落^①，屏上暗红蕉^②。闲梦江南梅熟日，夜船吹笛雨萧萧。人语驿边桥^③。

其二

楼上寝，残月下帘旌^④。梦见秣陵^⑤惆怅事，桃花柳絮满江城。双髻坐吹笙^⑥。

① 兰烬落：兰烛所烧的灯花下落。烬，灯烛燃烧后的残灰。
② "屏上"句：烛光将灭，屏风上的美人蕉颜色转暗。
③ "人语"句：在驿站的小桥边互诉衷肠。
④ 帘旌：窗帘上端的装饰。指帘额一类的装饰品。
⑤ 秣陵：金陵，今南京市。
⑥ 笙：古代的一种管乐器，用若干根竹管联排成环形，吹出不同的音阶。古代常用"笙歌"泛指奏乐歌唱。

采莲子

菡萏①香连十顷陂②（举棹）③。小姑贪戏采莲迟（年少）。晚来弄水船头湿（举棹），更脱红裙裹鸭儿（年少）。

其二

船动湖光滟滟④秋（举棹）。贪看年少信⑤船流（年少）。无端⑥隔水抛莲子（举棹），遥被人知半日羞（年少）。

---

① 菡萏（hàn dàn）：荷花。
② 陂（bēi）：池塘。
③ 举棹：此处"举棹"与下面的"举棹""年少"，均无实际意思，是采莲歌中的"和声"，如今人唱号子时"嘿嗬""哟嗬"之类。刘永济《唐五代两宋词简析》："此二首中之'举棹''年少'皆和声也。采莲时，女伴甚多，一人唱'菡萏香连十顷陂'一句，余人齐唱'举棹'和之。"
④ 滟滟（yàn）：湖水荡漾闪烁。
⑤ 信：任，听船自由流动。
⑥ 无端：无由、无故。

宋 / 赵昌 / 荔枝图

韦庄

四十八首

韦庄（836—910），字端己，京兆杜陵（今陕西西安）人。韦应物四世孙。少孤，家贫力学，广明元年（880）应举长安，值黄巢破长安，逃往洛阳，作《秦妇吟》，人称"秦妇吟秀才"。后漫游江南诸地，894年登进士第，为校书郎。光化三年（900），除左补阙，奏请追赐李贺、贾岛、温庭筠、陆龟蒙等进士及第。入蜀依王建，为掌书记，终身仕蜀。劝王建称帝，定开国制度，以功拜相。在成都访得杜甫草堂旧址，建屋其上以居。有《浣花集》《浣花词》。

浣溪沙

清晓①妆成寒食②天。柳球③斜袅间花钿。卷帘直出画堂前。

指点牡丹初绽朵，日高犹自凭朱栏。含嚬不语恨春残。

其二

欲上秋千④四体慵。拟教人送又心忪⑤。画堂帘幕月明风。

此夜有情谁不极，隔墙梨雪又玲珑。玉容憔悴惹微红。

---

① 清晓：清晨。
② 寒食：古时节令名，在农历清明前一或二日，《荆楚岁时记》："去冬节一百五日，即有疾风甚雨，谓之寒食，禁火三日，造饧大麦粥。"
③ 柳球：妇女头上的一种装饰品。
④ 秋千：游戏之一种，以彩绳系索悬于架上，女子坐板用手推送于空处，来回荡摇。本山戎之戏，齐桓公北伐，始传中国。
⑤ 忪（zhōng）：惊惧。

其三

惆怅梦余山月斜。孤灯照壁背窗纱。小楼高阁谢娘家。

暗想玉容何所似，一枝春雪冻梅花。满身香雾簇朝霞。

其四

绿树藏莺莺正啼。柳丝斜拂白铜堤 ①。弄珠江 ② 上草萋萋。

日暮饮归何处客，绣鞍骢马 ③ 一声嘶。满身兰麝醉如泥。

---

① 白铜堤：古代襄阳境内汉水堤名。一作"白铜鞮""白铜蹄"，南朝梁歌谣名。《隋书·音乐志》载，初，武帝之在雍镇，有童谣云："襄阳白铜蹄，反缚扬州儿。"识者言，白铜蹄谓马也；白，金色也。及义师之兴，实以铁骑，扬州之士，皆面缚，果如谣言，故即位之后更造新声，帝自为之词三曲，又令沈约为三曲以被弦管。李白《襄阳歌》："襄阳小儿齐拍手，拦街争唱《白铜堤》。""鞮""蹄"与"堤"同音，故借用。
② 弄珠江：泛指江流。《韩诗外传》："郑交甫将南适楚，遵彼汉皋台下，遇二女，佩两珠，交甫目而挑之，二女解佩赠之。"
③ 骢马：青白色的马。

其五

夜夜相思更漏残。伤心明月凭栏干。想君思我锦衾寒。

咫尺 ① 画堂深似海，忆来唯把旧书 ② 看。几时携手入长安。

---

① 咫（zhǐ）尺：喻距离很近。古代称八寸为咫。
② 旧书：往日的书信。

宋／林椿／枇杷山鸟图

菩萨蛮

红楼①别夜堪惆怅。香灯半卷流苏帐。残月出门时。美人和泪辞。

琵琶金翠羽②。弦上黄莺语。劝我早归家。绿窗人似花。

其二

人人尽说江南好。游人只合③江南老。春水碧于天。画船听雨眠。

垆④边人似月。皓腕凝双雪⑤。未老莫还乡。还乡须断肠。

---

① 红楼：富贵人家女子的住房。
② 金翠羽：琵琶上的饰物。
③ 只合：只应该。
④ 垆：酒炉。一作"炉""垆"。用卓文君当炉卖酒的典故，喻女子美丽多情。司马相如饮于卓氏家，文君新寡，相如以琴挑之，文君夜奔相如。相如尽卖己车骑，开设酒店，文君当炉沽酒，相如则做杂务。
⑤ 双雪：双腕如雪白。

其三

如今却忆江南乐。当时年少春衫薄。骑马倚斜桥。满楼红袖 ① 招。

翠屏金屈曲 ②。醉入花丛 ③ 宿。此度见花枝 ④。白头誓不归。

其四

劝君今夜须沉醉。樽前 ⑤ 莫话明朝事。珍重主人心。酒深情亦深。

须愁春漏短。莫诉金杯满。遇酒且呵呵 ⑥。人生能几何。

① 红袖：指青楼女子。
② 金屈曲：屏风的折叠处反射着金光。
③ 花丛：指代游冶处的艳丽境界。
④ 花枝：喻所钟爱的女子。
⑤ 樽前：酒席前。樽，古代盛酒器具。
⑥ 呵呵：笑声。这里是指"得过且过"，勉强作乐。

其五

洛阳城里春光好。洛阳才子①他乡老。柳暗魏王堤②。此时心转迷。

桃花春水渌。水上鸳鸯浴。凝恨对残晖。忆君君不知。

---

① 洛阳才子：西汉洛阳人贾谊，少负才名，故称。此处作者自指。
② 魏王堤：洛阳名胜。唐代洛水流过洛阳皇城端门，经尚善、旌善二坊之北，向南流注成池，唐太宗将此池赐给魏王泰，故名魏王池，池边有堤与洛水相隔，故名魏王堤。堤上多柳。白居易《魏王堤》："何处未春先有思，柳条无力魏王堤。"

归国遥

春欲暮。满地落花红带雨。惆怅玉笼鹦鹉。单栖无伴侣。

南望去程何许。问花花不语。早晚①得同归去。恨无双翠羽②。

其二

金翡翠③。为我南飞传我意。罨画④桥边春水。几年花下醉。

别后只知相愧。泪珠难远寄。罗幕绣帏鸳被。旧欢如梦里。

---

① 早晚：何时，哪一天。
② 双翠羽：双翅。一说，指青鸟。《汉武故事》载，"七月七日，上于承华殿斋，正中，忽有一青鸟从西方来，集殿前，上问东方朔，朔曰：'此西王母欲来也。'有顷，王母至，有二青鸟如乌，侠侍王母旁。"后以"青鸟"为传信之鸟。
③ 金翡翠：翠鸟。
④ 罨（yǎn）画：色彩鲜明的绘画。

宋 / 艾宣 / 写生罂粟

其三

春欲晚。戏蝶游蜂花烂熳。日落谢家池馆①。柳丝金缕断②。

睡觉绿鬟风乱。画屏云雨③散。闲倚博山④长叹。泪流沾皓腕。

---

① 谢家池馆：谢娘家之意，指妓女家。

② 金缕断：指柳丝被行人折断用以赠别。金缕，形容柳条细柔。

③ 云雨：战国楚宋玉《高唐赋序》："昔者先王尝游高唐，怠而昼寝。梦见一妇人，曰：妾巫山之女也，为高唐之客。闻君游高唐，愿荐枕席。王因而幸之。去而辞曰：妾在巫山之阳，高丘之阻，且为朝云，暮为行雨，朝朝暮暮，阳台之下。"后以"云雨"表示男女欢合。

④ 博山：香炉名。宋吕大临《考古图》："博山香炉者，炉像海中博山，下盘贮汤，润气蒸香，像海之四环，故名之。"

应天长

绿槐阴里黄莺语。深院无人春昼午。画帘垂，金凤舞。寂寞绣屏香一炷。

碧天云，无定处。空有梦魂来去。夜夜绿窗风雨，断肠君信否。

其二

别来半岁音书绝。一寸离肠千万结。难相见，易相别。又是玉楼花似雪。

暗相思，无处说。惆怅夜来烟月[①]。想得此时情切。泪沾红袖黦[②]。

---

① 烟月：指月色朦胧。
② 黦（yuè）：黑黄色，指红袖上泪痕点点。周处《风土记》："梅雨沾衣，服皆败黦。"黦，黑而有文也。此字文人罕用，唯《花间集》韦庄及毛熙震词中见之。一说，读 yè。

宋 / 马远 / 白蔷薇图

荷叶杯

绝代佳人难得。倾国[①]。花下见无期。一双愁黛远山眉。不忍更思惟[②]。

闲掩翠屏金凤。残梦。罗幕画堂空。碧天无路信难通。惆怅旧房栊。

其二

记得那年花下。深夜。初识谢娘时。水堂[③]西面画帘垂。携手暗相期[④]。

惆怅晓莺残月。相别。从此隔音尘[⑤]。如今俱是异乡人。相见更无因[⑥]。

---

① 倾国：形容女子容貌绝美，使国人为之倾倒。李延年歌："北方有佳人，绝世而独立。一顾倾人城，再顾倾人国。宁不知倾城与倾国，佳人难再得。"
② 思惟：思量。
③ 水堂：临水的厅堂。
④ 相期：相约。李白《月下独酌》："永结无情游，相期邈云汉。"
⑤ 隔音尘：音信断绝。
⑥ 无因：无缘。

清平乐

春愁南陌①。故国②音书隔。细雨霏霏梨花白。燕拂画帘金额③。

尽日相望王孙。尘满衣上泪痕。谁向桥边吹笛，驻马西望消魂。

其二

野花芳草。寂寞关山道。柳吐金丝莺语早。惆怅香闺暗老④。

罗带悔结同心⑤。独凭朱栏思深。梦觉半床斜月，小窗风触鸣琴⑥。

---

① 南陌：南郊，主人公思乡时所在地。
② 故国：故乡。
③ "燕拂"句：燕子轻盈地从画帘的金额上掠过。金额，饰金的匾额、帘额。
④ 暗老：时光流逝，不知不觉人已衰老。
⑤ "罗带"句：懊悔当年用罗带打结，表示双方爱慕之心。
⑥ 风触鸣琴：风触动琴使之鸣。鸣，使动用法。

宋 / 佚名 / 秋葵图

其三

何处游女 ①。蜀国多云雨 ②。云解有情花解语 ③。窣地 ④ 绣罗金缕。

妆成不整金钿。含羞待月秋千。住在绿槐阴里，门临春水桥边。

其四

莺啼残月。绣阁香灯灭。门外马嘶郎欲别。正是落花时节 ⑤。

妆成不画蛾眉。含愁独倚金扉 ⑥。去路香尘莫扫，扫即郎去归

迟 ⑦。

---

① 游女：出游的女子。《诗经·周南·汉广》："汉有游女，不可求思。"朱熹注："江汉之俗，其女好游，汉魏以后犹然，如大堤之曲可见也。"

② "蜀国"句：四川一带多云雨。云雨，双关，指自然界云雨，亦指男女欢合游冶之事。

③ "云解"句：游女们如含情之云，如知语的花。王仁裕《开元天宝遗事》："明皇秋八月，在太液池与贵戚欢宴，池中有千叶白莲数枝盛开，左右皆叹羡久之。帝指贵妃示于左右曰：争如我解语花？"后用"解语花"喻善解人意的美人。

④ 窣地：拂地。

⑤ 落花时节：指暮春。

⑥ 金扉（fēi）：装饰华丽的门扉。扉，门扇。

⑦ "去路"二句：李白《长干行》："门前旧行迹，一一生绿苔。苔深不能扫，落叶秋风早。"意思与此相似。

宋 / 佚名 / 疏荷沙鸟图

望远行

欲别无言倚画屏。含恨暗伤情。谢家庭树锦鸡鸣。残月落边城。

人欲别，马频嘶。绿槐千里长堤。出门芳草路萋萋。云雨别来易东西。不忍别君后，却入旧香闺。

谒金门

春漏促①。金烬②暗挑残烛。一夜帘前风撼竹。梦魂相断续。

有个娇饶③如玉。夜夜绣屏孤宿。闲抱琵琶寻旧曲。远山眉黛绿④。

其二

空相忆。无计⑤得传消息。天上嫦娥人不识，寄书何处觅⑥。

新睡觉⑦来无力。不忍把伊书迹⑧。满院落花春寂寂。断肠芳草碧。

---

① 春漏促：春夜滴漏声急促。
② 金烬：灯烛燃后的余灰。
③ 娇饶：同"娇娆"，代指美女。
④ "远山"句：眉黛如远山翠绿。《西京杂记》："文君姣好，眉色如望远山，脸际常若芙蓉。"
⑤ 无计：没有办法。
⑥ "寄书"句：意思是本想请嫦娥代为传书，但因不相识，而无处寻找她。
⑦ 觉（jué）：醒。
⑧ 把伊书迹：拿着她的书信手迹看。

江城子

恩重娇多情易伤。漏更长。解鸳鸯^①。朱唇未动，先觉口脂香。缓揭绣衾抽皓腕，移凤枕^②，枕潘郎^③。

其二

鬓鬟狼籍^④黛眉长。出兰房^⑤。别檀郎^⑥。角声呜咽，星斗渐微茫^⑦。露冷月残人未起，留不住，泪千行。

---

① 解鸳鸯：解开鸳鸯带。

② 凤枕：绣有凤凰图案的枕头。

③ 潘郎：本指潘岳。《晋书·潘岳传》载，潘岳，字安仁，故省称"潘安"，荥阳中牟人。少以才颖见称，乡邑号为奇童，举秀才。美姿仪，辞藻绝丽，尤善为哀诔之文。少时常挟弹出洛阳道，妇人遇之者，皆连手萦绕，投之以果，遂满车而归。后以"潘郎"指少年俊美的男子。

④ 狼籍：亦作"狼藉"，散乱貌。《史记·滑稽列传》："履舄交错，杯盘狼藉。"《通俗编》引苏鹗《演义》："狼藉草而卧，去则灭乱，故凡物之纵横散乱者，谓之狼藉。"

⑤ 兰房：闺房。

⑥ 檀郎：潘安小名为檀奴，所以妇女称自己所欢者为檀郎。又解：檀有香之意，檀郎是对所爱者的美称。

⑦ 微茫：稀疏而模糊。

宋 / 吴炳 / 嘉禾草虫图

河传

何处。烟雨。隋堤^①春暮。柳色葱笼。画桡金缕。翠旗高飐香风。水光融。

青娥殿脚春妆媚。轻云里。绰约司花妓^②。江都^③宫阙，清淮月映迷楼^④。古今愁。

---

① 隋堤：隋炀帝开运河时沿河道所筑之堤。唐韩偓《开河记》载，隋大业年间，开汴河，筑堤自大梁至灌口，龙舟所过，香闻百里。炀帝诏造大船，泛江沿淮而下，于是吴越间取民间女，年十五六岁者五百人，谓之殿脚女，每船用彩缆十条，每条用殿脚女十人，嫩羊十口，令殿脚女与羊相间而行牵之。《河传》为开河时传唱曲。
② 司花妓：管花的姑娘，隋炀帝曾命袁宝儿作司花女。司，主管。
③ 江都：今江苏省扬州市一带。
④ 迷楼：隋宫名。唐韩偓《迷楼记》载，炀帝诏有司，供具材木，凡役夫数万，经岁而成。楼阁高下，轩窗掩映；幽房曲室，玉栏朱楯；互相连属，回环四合，曲屋自通。千门万户，上下金碧。人误入者，虽终日不能出。帝幸之，大喜，顾左右曰："使真仙游其中，亦当自迷也。可目之曰迷楼。"旧址在今江都市西北。

其二

春晚。风暖。锦城①花满。狂杀②游人。玉鞭金勒。寻胜③驰骤④轻尘。惜良晨。

翠娥⑤争劝临邛⑥酒。纤纤手。拂面垂丝柳。归时烟里，钟鼓正是黄昏。暗销魂。

其三

锦浦⑦。春女。绣衣金缕。雾薄云轻。花深柳暗。时节正是清明。雨初晴。

玉鞭⑧魂断烟霞路。莺莺语。一望巫山雨⑨。香尘隐映，遥见翠槛红楼⑩。黛眉愁。

---

① 锦城：又称锦官城，因织锦出名，旧址在四川成都市南。
② 狂杀：极度兴奋。
③ 寻胜：游览名胜。
④ 驰骤：策马疾驰。
⑤ 翠娥：美女。
⑥ 临邛：古代县名，今四川省邛崃市。汉司马相如与卓文君曾在此处卖酒。
⑦ 锦浦：锦江边。
⑧ 玉鞭：代指骑马的人。
⑨ 巫山雨：用宋玉《高唐赋》典故。
⑩ 翠槛红楼：翠色栏干，红色楼阁。

天仙子

怅望^①前回梦里期^②。看花不语苦寻思。露桃^③宫里小腰肢。眉眼细，鬓云垂。唯有多情宋玉^④知。

其二

深夜归来长酩酊^⑤。扶入流苏^⑥犹未醒。醺醺酒气麝兰^⑦和。惊睡觉，笑呵呵。长道人生能几何。

---

① 怅望：怅然想望。

② 梦里期：梦里相会。

③ 露桃：语本《乐府诗集·相和歌辞三·鸡鸣》："桃生露井上，李树生桃旁。"后因用"露桃"称桃树、桃花。

④ 宋玉：战国楚辞赋家，多有描写美丽女子的笔墨，如《登徒子好色赋》："东家之子增之一分则太长；减之一分则太短。著粉则太白，施朱则太赤。眉如翠羽，肌如白雪，腰如束素，齿如含贝。"这里以宋玉自喻，意思是自己和宋玉一样能识别和怜爱美女。

⑤ 酩酊：大醉。

⑥ 流苏：帐上下垂的彩须或彩穗之类，这里借代为帐子。

⑦ 麝兰：麝香与兰香。

宋／李迪／红白芙蓉图（一）

其三

蟾彩^①霜华^②夜不分。天外鸿声枕上闻。绣衾香冷懒重薰。人寂寂，叶纷纷。才睡依前梦见君。

其四

梦觉云屏^③依旧空。杜鹃声咽隔帘栊。玉郎^④薄幸^⑤去无踪。一日日，恨重重。泪界^⑥莲腮两线红。

---

① 蟾彩：月光。古时传说月中有蟾蜍（癞蛤蟆），故以蟾指代月亮。
② 霜华：霜花，霜露凝结如雪花状。
③ 云屏：用云母镶饰的或画有云形图案的屏风。
④ 玉郎：古代女子对情人或丈夫的爱称。
⑤ 薄幸：负心、薄情。
⑥ 泪界：泪水在脸上留下的痕迹。

其五

金似衣裳玉似身^①。眼如秋水鬓如云。霞裙月帔^②一群群。来洞口，望烟分。刘阮^③不归春日曛^④。

---

① "金似"句：即"衣裳似金，身似玉"。金，衣裳色彩。肤色像玉一样光洁。
② 霞裙月帔：均为古时妇女服装。古时后妃、贵妇穿的披肩，绣花卉，长及膝，色彩鲜艳。这里用霞、月形容裙、帔的美丽，明洁。又解：裙、帔上面分别织着朝霞、月华的图绘。
③ 刘阮：刘晨、阮肇，泛指所念之人。见温词《思帝乡》注。
④ 曛：日光和芳香袭人。又解为暖和。

宋 / 佚名 / 写生草虫图

喜迁莺

人汹汹①，鼓冬冬。襟袖五更②风。大罗天③上月朦胧。骑马上虚空。

香满衣，云满路。鸾凤绕身飞舞④。霓旌绛节⑤一群群。引见玉华君⑥。

其二

街鼓动，禁城⑦开。天上探人回⑧。凤衔金榜出云来⑨。平地一声雷。

莺已迁，龙已化⑩。一夜满城车马。家家楼上簇⑪神仙⑫。争看鹤冲天⑬。

---

① 汹汹：人声鼎沸，声势盛大。
② 五更：天刚亮时，古代此刻朝君。
③ 大罗天：省作"大罗"，道家认为是最高的一层天。这里喻指朝廷。
④ "鸾凤"句：穿着龙凤图案的朝衣。
⑤ 霓旌绛节：仪仗。彩色的旌旗如天上虹霓，绛红色的仪仗如彩霞呈现。
⑥ 玉华君：天帝。这里指皇帝。
⑦ 禁城：皇城。
⑧ "天上"句：入朝看榜归来。天上，指朝廷。
⑨ "凤衔"句：下诏公布新科进士名单。
⑩ "莺已迁"二句：即金榜高中，飞黄腾达。《诗经·小雅·伐木》："伐木丁丁，鸟鸣嘤嘤。出自幽谷，迁于乔木。"其中无"莺"字，后《禽经》有"莺鸣嘤嘤"语，唐人省试亦有莺出谷诗。后谓由困而亨、由卑而高为"莺迁"。《三秦记》："河津一名龙门，大鱼集龙门下数千，不得上，上者为龙。"龙门，在山西河津市西北，陕西韩城东北。
⑪ 簇：聚集。
⑫ 神仙：指美女。
⑬ 鹤冲天：喻科举登第。

思帝乡

云髻坠。凤钗垂。髻坠钗垂无力，枕函①欹②。翡翠屏深月落，漏依依③。说尽人间天上④，两心知。

其二

春日游。杏花吹满头。陌上⑤谁家年少⑥，足风流⑦。妾拟将身嫁与，一生休⑧。纵被无情弃，不能羞。

---

① 枕函：中间可藏物的枕头。
② 欹（qī）：或作"攲"，倾斜。
③ 漏依依：刻漏声慢悠悠而有节。
④ 人间天上：表示誓约之辞已说尽，双方心中都能理解。《长恨歌》："但教心似金钿坚，天上人间会相见。临别殷勤重寄词，词中有誓两心知。"
⑤ 陌上：道路之上。陌，田间东西方向的道路，这里泛指道路。
⑥ 年少：少年人。
⑦ 足风流：够气派、潇洒。
⑧ 一生休：这一辈子也就算了，意思是一生就满足了。

宋／苏汉臣／灌佛戏婴图轴

诉衷情

烛烬香残^①帘半卷，梦初惊。花欲谢。深夜。月胧明。何处按歌声^②。轻轻。舞衣尘暗生。负春情^③。

其二

碧沼红芳烟雨静^④，倚兰桡。垂玉佩。交带^⑤。袅纤腰。鸳梦^⑥隔星桥^⑦。迢迢。越罗^⑧香暗销。坠花翘^⑨。

---

① 烛烬香残：烛和香都燃尽，表示夜已深。
② 按歌声：按拍奏乐而歌。按，依节拍弹奏。
③ "舞衣"二句：舞女久未起舞，有负大好春光。
④ "碧沼"句：绿池红花，烟雨茫茫，一派寂静。沼，水池。芳，花。
⑤ 交带：束结衣带。
⑥ 鸳梦：鸳鸯梦，指男女春恋之梦。
⑦ 星桥：天河上的鹊桥。指梦中也是互相分离。
⑧ 越罗：指用越地所产丝绸而制的衣裙。
⑨ 花翘：鸟尾状的首饰。

上行杯

芳草灞陵^①春岸。柳烟深、满楼弦管^②。一曲离声肠寸断。

今日送君千万^③。红缕^④玉盘金镂盏^⑤。须劝。珍重意，莫辞满。

其二

白马玉鞭金辔^⑥。少年郎、离别容易。迢递^⑦去程千万里。

惆怅异乡云水。满酌一杯劝和泪^⑧。须愧。珍重意，莫辞醉。

---

① 灞陵：或作霸陵，在陕西长安东郊，为汉文帝的陵墓，附近有霸桥，汉唐人送客远行，常在此处折柳道别。

② 弦管：音乐声。"弦管"又称"丝竹"，古代弦乐器多以丝为弦，管乐器多以竹为管。

③ 千万：指去程遥远，千里万里之外。又解："千万"指情深意厚，千番嘱咐，万般叮咛。

④ 红缕：形容玉盘所盛菜肴的色红、细如丝。

⑤ 金镂盏：刻有花纹的金杯。盏，小杯子。《方言》："盏，杯也，自关而东，赵、魏之间或曰盏。"

⑥ 玉鞭金辔：形容马鞭辔鞍精美。辔，驾驭牲口用的嚼子和缰绳。

⑦ 迢递：形容路途遥远。

⑧ 劝和泪：含泪劝酒，意为"和泪劝"。

女冠子

四月十七。正是去年今日。别君时。忍泪佯低面①，含羞半敛眉②。

不知魂已断，空有梦相随。除却天边月，没人知。

其二

昨夜夜半。枕上分明梦见。语多时。依旧桃花面③，频低柳叶眉。

半羞还半喜，欲去又依依。觉来知是梦，不胜悲。

---

① 佯低面：假装低下脸。
② 敛眉：皱眉。
③ 桃花面：泛指美人容貌。

更漏子

钟鼓寒，楼阁暝①。月照古桐金井②。深院闭，小庭空。落花香露红。

烟柳重，春雾薄。灯背水窗③高阁。闲倚户，暗沾衣。待郎郎不归。

酒泉子

月落星沉。楼上美人春睡。绿云④倾，金枕腻。画屏深。

子规啼破相思梦。曙色东方才动。柳烟轻，花露重。思难任⑤。

宋／马远／踏歌图

木兰花

独上小楼春欲暮。愁望玉关芳草路。消息断，不逢人，却敛细眉归绣户。

坐看落花空叹息。罗袂^①湿斑红泪^②滴。千山万水不曾行，魂梦欲教何处觅。

小重山

一闭昭阳^③春又春^④。夜寒宫漏^⑤永^⑥。梦君恩。卧思陈事^⑦暗消魂。罗衣湿，红袂有啼痕。

歌吹^⑧隔重阁^⑨。绕庭芳草绿，倚长门^⑩。万般惆怅向谁论。凝情立，宫殿欲黄昏。

---

① 袂（mèi）：衣袖。
② 红泪：泪从涂有胭脂的面上落下，故称。一说，血泪。王嘉《拾遗记》载，薛灵芸是魏文帝所爱的美人，原为良家女子，被文帝选入六宫。灵芸升车就路之时，以玉唾壶承泪。壶则红色，及至京师，泪凝为血。此后常称女子悲哭的泪水为"红泪"。
③ 昭阳：本汉代宫名，此借指王建之宫。
④ 春又春：过了一春又一春。
⑤ 宫漏：古时宫中的铜壶滴漏计时。
⑥ 永：长，慢悠悠。
⑦ 陈事：往事。
⑧ 歌吹：歌唱弹吹，泛指音乐之声。
⑨ 重阁：宫门。门有多层，故深远难人。
⑩ 长门：汉宫名，汉武帝陈皇后失宠后退居长门。司马相如有《长门赋》。

清 / 改琦 / 人物仕女图

宋 / 佚名 / 夜合花图

薛昭蕴

十九首

薛昭蕴（生卒不详），字澄州，唐直臣薛存诚的后裔，保逊之子，河东（今山西永济附近）人。仕蜀官至侍郎。孙光宪《北梦琐言》作昭纬，爱唱《浣溪沙》，"恃才傲物""每入朝省""旁若无人"。

浣溪沙

红蓼^①渡头秋正雨。印沙鸥迹自成行。整鬟飘袖野风香。

不语含嚬深浦里，几回愁煞^②棹船郎。燕归帆尽水茫茫。

其二

钿匣^③菱花^④锦带垂。静临兰槛^⑤卸头^⑥时。约鬟低珥算归期^⑦。

茂苑草青湘渚阔，梦余空有漏依依。二年终日损芳菲^⑧。

---

① 蓼（liǎo）：一年生草本植物，多生于水中，味苦，可作药用。

② 愁煞：愁极。

③ 钿匣：镜盒。

④ 菱花：菱花镜。泛指镜。

⑤ 兰槛：木兰木做的栏杆。

⑥ 卸头：卸妆。

⑦ "约鬟"句：束挽鬟髻，低垂珥珰，计算着所思之人的归期。珥（ěr），珥珰，用珠玉所制的耳环等妆饰物。

⑧ 芳菲：喻指青春年华。

其三

粉上依稀有泪痕。郡庭^①花落欲黄昏。远情深恨与谁论。

记得去年寒食日，延秋门^②外卓金轮^③。日斜人散暗销魂。

其四

握手河桥柳似金。蜂须轻惹百花心。蕙风^④兰思^⑤寄清琴。

意满便同春水满，情深还似酒杯深。楚烟湘月两沉沉。

---

① 郡庭：泛指富贵之家的庭院。

② 延秋门：唐代长安禁苑西门。《长安志》载，禁苑中宫廷凡二十四所，西面二门，南曰"延秋门"，北曰"元武门"。

③ 卓金轮：停着精美的车子。卓，停留。金轮，指代车子。

④ 蕙风：和暖的春风。

⑤ 兰思：美好的情思。

其五

帘下三间出寺墙。满街垂柳绿阴长。嫩红轻翠间浓妆。

瞥地见时犹可可 [1]，却来闲处暗思量。如今情事隔仙乡 [2]。

其六

江馆清秋揽客船 [3]。故人相送夜开筵。麝烟兰焰簇花钿 [4]。

正是断魂迷楚雨，不堪离恨咽湘弦。月高霜白水连天。

---

① 可可：不经意。
② 仙乡：缥缈之境。这里的意思是再也无缘相会，仿佛仙境与人间相隔。
③ "江馆"句：江畔馆舍，客船待发，此时正值清爽的秋日。
④ "麝烟"句：麝香薰烟，兰灯放焰，花钿簇簇，一派欢歌。

宋／严叟／梅花诗意图（局部）

宋 / 刘松年 / 宫女图

其七

倾国倾城 ① 恨有余。几多红泪泣姑苏 ②。倚风凝睇 ③ 雪肌肤。

吴主山河空落日 ④，越王宫殿半平芜 ⑤。藕花菱蔓 ⑥ 满重湖 ⑦。

其八

越女淘金春水上。步摇 ⑧ 云鬟佩鸣珰 ⑨。渚风江草又清香 ⑩。

不为远山凝翠黛，只应含恨向斜阳。碧桃花谢忆刘郎。

---

① 倾国倾城：用李延年歌之典。

② 姑苏：吴国楼台名，旧址在今江苏苏州。《吴越春秋》载，越进西施于吴，请退师，吴王得之，筑姑苏台，游宴其上。

③ 凝睇：凝聚目光而视。这里是微微斜视而又含情的意思。

④ "吴主"句：吴王的江山已不复见，只有夕阳西照。

⑤ "越王"句：越王勾践的宫殿，也大半为荒草所掩。

⑥ 菱蔓：菱角的藤子。

⑦ 重湖：湖泊相连，一个挨着一个。

⑧ 步摇：首饰名。以银丝宛转屈曲作花枝，插于髻后，随步辄摇，故称。《释名·释首饰》："步摇，上有垂珠，步则摇也。"

⑨ 鸣珰：用金玉制作的耳珠。

⑩ "渚风"句：江渚上春风送来芳草的清香。渚（zhǔ），水中的小块陆地。

喜迁莺

残蟾①落，晓钟鸣。羽化②觉身轻。乍③无春睡有余醒④。杏苑⑤雪初晴。

紫陌⑥长，襟袖冷。不是人间风景。回看尘土似前生。休羡谷中莺⑦。

---

① 残蟾：残月。
② 羽化：修道成仙。此指科考得中。
③ 乍（zhà）：忽然。
④ 醒（chéng）：喝醉酒后神志不清。
⑤ 杏苑：杏园，今陕西西安市郊大雁塔南。唐代新科进士赐宴之地。
⑥ 紫陌：京师郊野的道路。
⑦ 谷中莺：《诗经·小雅·伐木》："伐木丁丁，鸟鸣嘤嘤。出自幽谷，迁于乔木。"
后以"莺迁"喻从卑至贵，从贫至富。

其二

金门①晓，玉京②春。骏马骤轻尘。桦烟深处白衫新③。认得化龙身④。

九陌⑤喧，千户启。满袖桂香⑥风细。杏园欢宴曲江⑦滨。自此占芳辰。

其三

清明节，雨晴天。得意正当年。马骄泥软锦连乾⑧。香袖半笼鞭⑨。

花色融，人竞赏。尽是绣鞍朱鞅⑩。日斜无计更留连。归路草和烟。

---

① 金门：金马门，汉代宫门名，学士待诏之处。

② 玉京：京都，皇都。

③ "桦烟"句：桦烟缭绕，穿着白衫的进士们意气高扬。桦，落叶乔木，皮厚而轻软，可卷蜡为烛，谓"桦烛"。桦烟深处，指朝廷。白衫，唐时士子便服。

④ 化龙身：鱼化为龙，喻登科。

⑤ 九陌：京城里的大道。《三辅黄图》："汉长安城中有八街九陌。"

⑥ 桂香：喻中举。古人称之为"折桂"，因传说月中有桂，故称"月宫折桂""蟾宫折桂"。

⑦ 曲江：在长安东南。汉为乐游原，汉武帝因秦宜春苑故址，凿而广之，其水曲折，有似广陵之江，故称"曲江"。隋改为芙蓉园，唐更疏凿，周七里，南有紫云楼、芙蓉苑，西有杏园、慈恩寺，北有乐游原。都人游赏，中和时最盛。秀才每年登科，皇帝赐宴于曲江之滨。

⑧ 连乾：连钱，郫泥上有连钱花纹。

⑨ "香袖"句：因袖长而鞭被笼住一截，故言"半笼"。

⑩ 鞅（yāng）：马颈上的皮套子，用来套车的轭头之类。

明 / 项圣谟 / 花鸟（局部）

小重山

春到长门①春草青。玉阶华露滴，月胧明。东风吹断紫箫声。宫漏促，帘外晓啼莺。

愁极梦难成。红妆流宿泪，不胜情。手挼②裙带绕阶行。思君切，罗幌暗尘生。

其二

秋到长门秋草黄。画梁双燕去，出宫墙。玉箫③无复理④霓裳⑤。金蝉⑥坠，鸾镜掩休妆。

忆昔在昭阳⑦。舞衣红绶带，绣鸳鸯。至今犹惹御炉香。魂梦断，愁听漏更长。

---

① 长门：用汉武帝陈皇后失宠买赋事。
② 手挼（ruó）：手搓。
③ 玉箫：洞箫。古人称精美之事物常以"玉"为定语，如"玉笛""玉容""玉楼""玉食"等。
④ 理：治，这里有演奏之意。
⑤ 霓裳：《霓裳羽衣曲》，开元中西凉府节度杨敬忠所献。
⑥ 金蝉：一种首饰。
⑦ 昭阳：汉代宫殿名。《三辅黄图》载，汉武帝后宫八区，有昭阳殿。汉成帝时，皇后赵飞燕及其妹昭仪，曾居于昭阳舍，即此殿。

离别难

　　宝马晓鞴^①雕鞍。罗帏^②乍别情难。那堪春景媚。送君千万里。半妆^③珠翠落，露华寒。红蜡烛。青丝曲。偏能钩引泪阑干^④。

　　良夜促。香尘绿。魂欲迷。檀眉^⑤半敛愁低。未别心先咽。欲语情难说。出芳草，路东西。摇袖立。春风急。樱花^⑥杨柳雨凄凄。

---

① 鞴（bèi）：把鞍辔等套在马上。一作"鞲（gōu）"。
② 罗帏：指闺阁之中。
③ 半妆：妆饰散乱，不完备。
④ 泪阑干：泪纵横。
⑤ 檀眉：眉旁之晕色。
⑥ 樱花：樱桃花。《蕙风词话》载，中国樱花，不繁而实；日本樱花，繁而不实。薛昭蕴《离别难》云，"樱花杨柳雨凄凄"，此中国樱花也，入词殆自此始。

相见欢

罗襦绣袂香红 ①。画堂中。细草平沙蕃马，小屏风。

卷罗幕。凭妆阁。思无穷。暮雨轻烟魂断，隔帘栊。

醉公子

慢绾青丝发。光砑 ② 吴绫袜。床上小熏笼 ③，韶州新退红 ④。

叵耐无端处。捻得从头污 ⑤。恼得眼慵开，问人闲事来。

---

① 香红：香，指气味，红，状颜色，即罗裙绣袂芳香而红艳。
② 光砑（yà）：即"砑光"，以石块磨丝织物使其有光。
③ 熏笼：熏香取暖的小烘笼。
④ "韶州"句：意思是床上的物品为韶红所染，色彩新鲜。韶州，今广东省曲江一带，产红色染料韶石，称"韶红"。退红：粉红色。
⑤ "叵耐"二句：可恶（wù）的是没有原因，就弄脏了全身。叵耐，无可奈何，引申为"可恶""讨厌"。

明／陈洪绶／梅花小鸟图

女冠子

求仙去也。翠钿金篦^①尽舍。入崖峦。雾卷黄罗帔，云雕白玉冠^②。

野烟溪洞冷，林月石桥寒。静夜松风下，礼天坛^③。

其二

云罗雾縠^④。新授明威^⑤法箓^⑥。降真函^⑦。鬌绾青丝发，冠抽碧玉簪。

往来云过五^⑧，去住岛经三^⑨。正遇刘郎使^⑩，启瑶缄^⑪。

---

① 翠钿金篦：指首饰。
② "雾卷"二句：黄罗绸的披肩如雾飞卷，白玉冠帽如云彩所饰。
③ 礼天坛：登坛拜天，道家的礼仪。
④ 云罗雾縠：女道士的衣着。縠（hú），有皱纹的纱。
⑤ 明威：上天圣明威严的旨意。或曰：同"明畏"，彰善惩恶。《尚书·皋陶谟》："天明畏，自我民明畏。"
⑥ 法箓：天神所授的符命。箓（lù），道家所画的符箓。
⑦ 降真函：降下盛宝箓的套盒。
⑧ 云过五：过五云。《云笈七签》："元洲有绝空之宫，在五云之中。"
⑨ 岛经三：经三岛。三岛，海上三神山。《史记·秦始皇本纪》："齐人徐市等上书，言海中有三神山，名曰蓬莱、方丈、瀛洲，仙人居之。"
⑩ 刘郎使：刘晨所遣的使者。见温庭筠《思帝乡》注。
⑪ 启瑶缄：拆开使者所送来的精美信笺。缄（jiān），封闭，此指信的封口处。

119

谒金门

春满院。叠损①罗衣金线。睡觉水精帘未卷。檐前双语燕。

斜掩金铺②一扇。满地落花千片。早是相思肠欲断。忍教频梦见。

---

① 叠损：罗衣未脱而睡，故折叠而损坏金线。

② 金铺：门上衔环的装饰物，称为"铺首"，上刻龙蛇诸兽的形状。这里指代门。

宋 / 佚名 / 蜀葵图

牛峤

三十二首

牛峤，生卒年不详，字松卿，一字延峰，唐宰相牛僧孺的后裔，乾符五年（878）进士。历官拾遗、补阙、尚书郎，王建镇西川，辟为判官。王建称帝，拜他为给事中。博学有文，以歌诗著名。其词多描写闺情，大都情感真挚；也有一些如淡雅浅近的民间情歌。尝自言窃慕李贺长歌，举笔辄效之，尤喜制小词。是最早写咏物词的词人。李冰若说他"大体皆莹艳绵丽，近于飞卿"。

柳枝

解冻风来末上青①。解垂罗袖拜卿卿②。无端袅娜临官路，舞送行人过一生。

其二

吴王宫③里色偏深。一簇纤条万缕金。不愤④钱塘苏小小⑤，引郎松下结同心⑥。

---

① 末上青：指柳枝梢头见嫩绿色。末，末梢，树杪。
② 卿卿：男女间爱称。《世说新语·惑溺》载，王安丰妇常卿安丰，安丰曰："妇人卿婿，于礼为不敬，后勿复尔。"妇曰："亲卿爱卿，是以卿卿，我不卿卿，谁当卿卿？"
③ 吴王宫：此指吴王夫差为西施所造的馆娃宫，今江苏苏州西南灵岩山上有灵岩寺，即其故址。宫中多柳，故言"色偏深"。
④ 不愤：不怨。
⑤ 苏小小：南齐时钱塘名妓，才倾士类，容华绝世，其家院多柳。
⑥ "引郎"句：古乐府《苏小小歌》："我乘油壁车，郎乘青骢马。何处结同心，西陵松柏下。"西陵在钱塘江之西。结同心，用锦带制成的连环回文结，表示恩爱之意，又称"同心结"。

其三

桥北桥南千万条。恨伊张绪 ① 不相饶。金羁白马 ② 临风望，认得杨家 ③ 静婉 ④ 腰。

其四

狂雪 ⑤ 随风扑马飞。惹烟无力被春欺 ⑥ 。莫教移入灵和殿 ⑦ ，宫女三千又妒伊。

---

① 张绪：南齐吴郡人，齐武帝时官至国子祭酒。《南史·张绪传》："绪吐纳风流，听者皆忘饥疲，见者肃然如在宗庙。虽终日与居，莫能测焉。刘悛之为益州，献蜀柳数株，枝条甚长，状若丝缕。时旧宫芳林苑始成，武帝以植于太昌灵和殿前，常赏玩咨嗟，曰：'此杨柳风流可爱，似张绪当年时。'"

② 金羁白马：形容少年装束。曹植《白马篇》："白马饰金羁，连翩西北驰。借问谁家子，幽并游侠儿。"金羁，金饰的马络头。

③ 杨家：南朝梁羊侃家，"杨"当作"羊"。羊侃，泰山梁父（今山东泰安东南）人，南北朝时期南梁名将。幼好文史，兼有武力。魏孝明帝末，任泰山太守。后反魏降梁。大通三年（529），至建邺，历官徐州刺史、侍中、都官尚书。侯景之乱时，他固守京城，景不能破，苦战中病死。善音律，能造曲。

④ 静婉：南朝梁名舞女。《南史·羊侃传》载，舞人张净婉，腰围一尺六寸，时人咸推能掌上舞。"静"当作"净"。

⑤ 狂雪：喻柳絮纷飞如雪。

⑥ "惹烟"句：柳枝缠绕着烟雾，娇柔无力，被春风吹得摇曳不定。春风吹柳，柳随风摆，所以说"被春欺"。

⑦ "莫教"句：见前首"张绪"注。

其五

袅翠笼烟拂暖波 ①。舞裙新染麴尘 ② 罗。章华台 ③ 畔隋堤上，傍得春风尔许多。

---

① "袅翠"句：翠柳袅娜，绿烟笼罩，拂动在春水之上。
② 麴（qú）尘：或写作"曲尘"，酒曲所生的细菌，色淡黄如尘。
③ 章华台：楚灵王所筑之台名。《左传·昭公七年》："楚子城章华之台，愿以诸侯落之。"旧址于湖北监利县西北，此地多柳。

吟徵調商慾下桐
松間疑有入松風
仰窺低審含情客
以聽無絃一弄中
　　　　臣京謹題

聽琴圖

宋／赵佶／听琴图

宋／赵士雷／湘乡小景图（局部）

女冠子

绿云高髻。点翠匀红时世^①。月如眉。浅笑含双靥^②，低声唱小词。

眼看唯恐化，魂荡欲相随。玉趾^③回娇步，约佳期。

其二

锦江^④烟水。卓女^⑤烧春^⑥浓美。小檀霞^⑦。绣带芙蓉帐^⑧，金钗芍药花。

额黄侵腻发，臂钏^⑨透红纱。柳暗莺啼处，认郎家。

---

① 时世：入时的妆式。
② 双靥：两颊的酒窝。
③ 玉趾：足的美称。
④ 锦江：又名浊锦江，四川境内，岷江支流。杜甫《登楼》："锦江春色来天地，玉垒浮云变古今。"
⑤ 卓女：卓文君，代指酒家女。
⑥ 烧春：酒名。唐李肇《唐国史补》："酒则有郢州之富水……剑南之烧春。"
⑦ 小檀霞：指少女脸颊或酒的颜色。檀，浅红色。
⑧ 芙蓉帐：绣有荷花的罗帐。白居易《长恨歌》："芙蓉帐暖度春宵。"
⑨ 臂钏：手臂上戴的镯子。

其三

星冠①霞帔②。住在蕊珠宫③里。佩丁当④。明翠摇蝉翼，纤珪⑤理宿妆。

醮坛⑥春草绿，药院⑦杏花香。青鸟传心事，寄刘郎。

其四

双飞双舞。春昼后园莺语。卷罗帏。锦字书封了，银河雁过迟。

鸳鸯排宝帐，豆蔻绣连枝。不语匀珠泪，落花时。

---

① 星冠：道士冠。
② 霞帔：道士服。
③ 蕊珠宫：道教经典中所说的仙宫。
④ 佩丁当：所佩带的珠玉叮当有声。
⑤ 纤珪（guī）：喻手纤细而洁白。珪，玉石。
⑥ 醮（jiào）坛：道士祭神的坛场。
⑦ 药院：仙家的药草院。

梦江南

衔泥燕，飞到画堂前。占得杏梁^①安稳处，体轻唯有主人怜。堪羡好因缘。

其二

红绣被，两两间^②鸳鸯。不是鸟中偏爱尔，为缘交颈^③睡南塘。全胜薄情郎。

---

① 杏梁：文杏木所制的屋梁，言其屋宇的高贵。汉司马相如《长门赋》："刻木兰以为橡兮，饰文杏以为梁。"
② 间（jiàn）：隔开，这里有对称之意。
③ 交颈：喻夫妻恩爱。

感恩多

两条红粉泪①。多少香闺意。强攀桃李枝。敛愁眉。

陌上莺啼蝶舞，柳花飞。柳花飞。愿得郎心，忆家还早归。

其二

自从南浦别。愁见丁香结②。近来情转深。忆鸳衾。

几度将书托烟雁，泪盈襟。泪盈襟。礼月③求天，愿君知我心。

---

① 红粉泪：指年轻女子的眼泪。
② 丁香结：丁香花。喻愁思凝结不解。唐李商隐《代赠》："芭蕉不展丁香结，同向春风各自愁。"
③ 礼月：拜月。礼，拜。

宋／李嵩／听阮图

应天长

玉楼春望晴烟灭。舞衫斜卷金条脱①。黄鹂娇啭声初歇。杏花飘尽龙山②雪。

凤钗低赴节③。筵上王孙愁绝。鸳鸯对衔罗结。两情深夜月。

其二

双眉澹薄藏心事。清夜背灯④娇又醉。玉钗横，山枕腻。宝帐鸳鸯春睡美。

别经时⑤，无限意。虚道⑥相思憔悴。莫信彩笺书里。赚⑦人肠断字。

---

① 条脱：腕钏、手镯。古代妇女的臂饰，以捶扁的金银条绕制成螺旋形，约三至八圈，两端另用金银丝编制成环套，可活动调节松紧。亦称臂钏、条达、跳脱。《全唐诗话》：宣宗语飞卿曰："近得一联金步摇，未能属对！"飞卿应声曰："玉条脱差可拟也。"
② 龙山：山名，指北方关塞。李白有"杨花满江来，疑是龙山雪"。
③ "凤钗"句：以凤钗轻轻击拍而歌。赴节，按节拍而敲击。
④ 背灯：掩灯。
⑤ 经时：多时。
⑥ 虚道：空说。
⑦ 赚：诓骗。

更漏子

星渐稀，漏频转。何处轮台①声怨。香阁掩，杏花红。月明杨柳风。

挑锦字②，记情事。唯愿两心相似。收泪语，背灯眠。玉钗横枕边。

其二

春夜阑③，更漏促。金烬暗挑残烛。惊梦断，锦屏深。两乡④明月心。

闺草碧，望归客⑤。还是不知消息。辜负我，悔怜君。告天天不闻。

---

① 轮台：古县名，在今新疆米泉，在乌鲁木齐市东北八十里许。唐代属北庭都护府管
辖。《唐书·地理志》："北庭大都护府有轮台县，大历六年置。"
② 挑锦字：用窦滔妻苏蕙织锦回文的典故。
③ 夜阑：夜将尽。
④ 两乡：两边，两处。
⑤ 归客：指远行的丈夫。

明〉文俶〉秋花蛱蝶图

其三

南浦情^①，红粉泪。争奈两人深意。低翠黛，卷征衣。马嘶霜叶飞。

招手别，寸肠结。还是去年时节。书托雁^②，梦归家。觉来江月斜。

---

① 南浦情：离别之情。南浦，泛指离别之地，代指"离别"之事。

② 书托雁：《汉书·苏武传》："昭帝即位。数年，匈奴与汉和亲。汉求武等，匈奴诡言武死。后汉使复至匈奴，常惠请其守者与俱，得夜见汉使，具自陈道。教使者谓单于，言天子射上林中，得雁，足有系帛书，言武等在某泽中。使者大喜，如惠语以让单于，单于视左右而惊，谢汉使者曰：'武等实在。'"后以雁代指书信使。

望江怨

东风急。惜别花时手频执①。罗帏愁独入。马嘶残雨春芜②湿。倚门立。寄语薄情郎，粉香和泪泣。

---

① 手频执：多次执手，表示惜别依依之情。
② 春芜：春草。

明 / 夏葵 / 婴戏图

菩萨蛮

舞裙香暖金泥凤[①]。画梁语燕[②]惊残梦。门外柳花飞。玉郎犹未归。

愁匀红粉泪。眉剪春山翠。何处是辽阳。锦屏春昼长。

其二

柳花飞处莺声急。晴街春色香车立。金凤小帘开。脸波[③]和恨来。

今宵求梦想。难到青楼[④]上。赢得一场愁。鸳衾谁并头。

---

① 金泥凤：用金粉涂饰的凤凰彩绣。金泥，即泥金，用金粉和胶汁制成的金色颜料，
用于书画彩漆。
② 语燕：呢喃的燕子。
③ 脸波：眼波。
④ 青楼：青漆涂饰的豪华精致的楼房。

其三

玉钗风动春幡①急。交枝红杏笼烟泣。楼上望卿卿。窗寒新雨晴。

薰炉蒙翠被。绣帐鸳鸯睡。何处最相知。羡他初画眉②。

其四

画屏重叠巫阳③翠。楚神④尚有行云意。朝暮几般心，向他情谩⑤深。

风流今古隔。虚作瞿塘⑥客。山月照山花。梦回⑦灯影斜。

---

① 春幡：春旗。旧俗于立春日或挂春幡于树梢，或剪缯绢成小幡，连缀簪之于首，以示迎春之意。

② "何处"二句：何处有知心者，只有像张敞那样为妻画眉之人。《汉书·张敞传》："敞无威仪……又为妇画眉，长安中传张京兆眉怃，有司以奏敞。上问之，对曰：'臣闻闺房之内，夫妇之私，有过于画眉者。'"

③ 巫阳：巫山之阳。用宋玉《高唐赋序》典。

④ 楚神：指巫山神女。此言神仙还有儿女之情，何况人世间呢？

⑤ 谩：徒然。

⑥ 瞿塘：长江三峡之一，在四川奉节县东十三里地。唐李益《江南曲》："嫁得瞿塘贾，朝朝误妾期。早知潮有信，嫁与弄潮儿。"

⑦ 梦回：梦醒。

其五

风帘燕舞莺啼柳。妆台约鬓低纤手。钗重髻盘珊^①。一枝红牡丹。

门前行乐客。白马嘶春色。故故^②坠金鞭^③。回头应眼穿。

其六

绿云鬓上飞金雀^④。愁眉敛翠春烟薄。香阁掩芙蓉。画屏山几重。

窗寒天欲曙。犹结同心苣^⑤。啼粉污罗衣。问郎何日归。

---

①盘珊：盘旋环绕。崔豹《古今注》："长安妇人好为盘桓髻。"髻状如盘，又称"盘髻"。

②故故：屡屡。

③坠金鞭：唐传奇《李娃传》："见一宅，门庭不甚广，而室宇严邃，阖一扉。有娃方凭一双鬟青衣立，妖姿要妙，绝代未有。生忽见之，不觉停骖久之，徘徊不能去。乃诈坠鞭于地，候其从者，敕取之，累眄于娃，娃回眸凝睇，情甚相慕，竟不敢措辞而去。"

④飞金雀：金雀钗在头上颤动如飞。

⑤同心苣：相连锁的火炬状图案花纹。古人常用以象征爱情。南朝梁沈约《少年新婚为之咏》："锦履并花纹，绣带同心苣。"亦指织有同心苣状图案的同心结。唐段成式《嘲飞卿》："愁机懒织同心苣，闷绣先描连理枝。"

142

其七

玉楼冰簟①鸳鸯锦。粉融②香汗流山枕。帘外辘轳③声。敛眉含笑惊。

柳阴烟漠漠。低鬓蝉钗落。须作一生拚④。尽君今日欢。

---

① 冰簟：凉席。

② 粉融：脂粉与汗水相融。

③ 辘轳（lù lú）：井上汲水的装置。

④ 拚（pīn，也读 pàn）：豁出去，舍弃不顾。后作"拼"。

宋／黄居寀／花鸟图轴

酒泉子

记得去年，烟暖杏园花正发。雪飘香。江草绿，柳丝长。

钿车 ① 纤手卷帘望。眉学春山 ② 样。凤奴低袅翠鬟上。落梅妆 ③。

定西番

紫塞 ④ 月明千里，金甲冷，戍楼寒。梦长安。

乡思望中天阔。漏残星亦残。画角 ⑤ 数声呜咽，雪漫漫。

---

① 钿车：有金玉所饰的车子。

② 春山：春日山色黛青，因喻指妇人姣好的眉毛。

③ 落梅妆：古代妇女的一种面部妆饰，又称"梅花妆""寿阳妆"。《太平御览》载，南朝宋武帝之女寿阳公主，人日卧含章殿檐下，梅花飘落著其额，成五出之花，拂之不去，因仿之为梅花妆。

④ 紫塞：北方边塞。晋崔豹《古今注·都邑》："秦筑长城，土色皆紫，汉塞亦然，故称紫塞焉。"

⑤ 画角：古管乐器，传自西羌。形如竹筒，本细末大，以竹木或皮革等制成，因表面有彩绘，故称。发声哀厉高亢，古时军中多用以警昏晓，振士气，肃军容。帝王出巡，亦用以报警戒严。

宋／张择端／清明上河图（局部）

玉楼春

春入横塘①摇浅浪。花落小园空惆怅。此情谁信为狂夫②，恨翠愁红③流枕上。

小玉④窗前嗔⑤燕语。红泪滴穿金线缕。雁归不见报郎归，织成锦字封过与⑥。

西溪子

捍拨⑦双盘金凤。蝉鬓玉钗摇动。画堂前，人不语。弦解语。弹到昭君怨⑧处，翠蛾愁。不抬头。

---

① 横塘：古堤名，三国吴大帝时，自江口沿淮筑堤，谓之横塘。也泛指水池。
② 狂夫：古代妇人自称其夫的谦词。
③ 恨翠愁红：指代泪水。
④ 小玉：指思妇。
⑤ 嗔（chēn）：怒、生气。
⑥ 封过与：封好了寄予他。
⑦ 捍拨：弹奏琵琶用的拨子。因其质地坚实，故称。叶廷珪《海录碎事》："金捍拨在琵琶面上当弦，或以金涂为饰，所以捍护其拨也。"
⑧ 昭君怨：琴曲名。传为汉王昭君嫁于匈奴后所作。

江城子

鸂鶒飞起郡城东。碧江空。半滩风。越王宫殿、蘋叶藕花中。帘卷水楼渔浪起，千片雪，雨濛濛。

其二

极浦①烟消水鸟飞。离筵分首②时。送金卮③。渡口杨花、狂雪任风吹。日暮空江波浪急，芳草岸，雨如丝。

---

① 极浦：极远的水边。
② 分首：分别。
③ 金卮（zhī）：金制酒杯。酒器美称。

宋 / 黄居寀 / 杏花鹦鹉图

宋 / 佚名 / 青枫巨蝶图

张泌

二十七首

张泌，生卒年不详，籍贯南阳郡泌阳县，唐末登进士第。唐亡后可能事马楚为舍人，也不排除事前蜀。花间派的代表人物之一。其词用字工炼，章法巧妙，描绘细腻，用语流便。后人多把他与南唐李后主时的张佖混淆。

浣溪沙

钿毂①香车过柳堤。桦烟②分处马频嘶。为他沉醉不成泥。

花满驿亭香露细，杜鹃声断玉蟾③低。含情无语倚楼西。

其二

马上凝情④忆旧游。照花淹竹小溪流。钿筝⑤罗幕玉搔头⑥。

早是出门长带月，可堪分袂⑦又经秋⑧。晚风斜日不胜愁。

---

① 钿毂（gǔ）：饰金的车轮。毂，车轮中心有眼可插轴的部分，借指车轮或车。"钿毂香车"指华美的车子。
② 桦烟：见薛昭蕴《喜迁莺》"其二"注。
③ 玉蟾：月亮。
④ 凝情：情意专注。
⑤ 钿筝：金饰的筝。
⑥ 玉搔头：玉簪的一种。《西京杂记》卷二："武帝过李夫人，就取玉簪搔头。自此后宫人搔头皆用玉，玉价倍贵焉。"
⑦ 分袂：分别。
⑧ 经秋：又经一年。

其三

独立寒阶望月华①。露浓香泛小庭花。绣屏愁背一灯斜。

云雨自从分散后，人间无路到仙家②。但凭魂梦访天涯。

其四

依约③残眉理旧黄④。翠鬟抛掷一簪长。暖风晴日罢朝妆。

闲折海棠看又撚，玉纤⑤无力惹余香。此情谁会⑥倚斜阳。

---

① 月华：月光。
② "人间"句：用刘晨、阮肇遇仙事。唐曹唐《仙子洞中有怀刘阮》："洞里有天春寂寂，人间无路月茫茫。"仙家，此指女子居所。
③ 依约：隐约。
④ 旧黄：残存的额黄。
⑤ 玉纤：纤细如玉的手指，多指美人之手。
⑥ 会：理会，了解。

其五

翡翠屏开绣幄^①红。谢娥^②无力晓妆慵。锦帷鸳被宿香浓。

微雨小庭春寂寞，燕飞莺语隔帘栊。杏花凝恨倚东风。

其六

枕障^③熏鑪隔绣帏。二年终日两相思。杏花明月始应知。

天上人间^④何处去，旧欢新梦觉来时。黄昏微雨画帘垂。

---

① 绣幄（wò）：彩绣的帐幕。
② 谢娥：指美丽的女子。
③ 枕障：古人用屏风围枕，谓之"枕屏""枕障"。
④ 天上人间：喻距离遥远，相差悬殊。

宋 / 佚名 / 梅竹双雀图

其七

花月香寒悄夜尘①。绮筵幽会暗伤神。婵娟②依约画屏人。

人不见时还暂语，令③才抛后爱微颦。越罗巴锦④不胜春。

其八

偏戴花冠白玉簪。睡容新起意沉吟⑤。翠钿金缕镇眉心。

小槛⑥日斜风悄悄，隔帘零落杏花阴。断香轻碧⑦锁愁深。

---

① 悄夜尘：夜色静悄悄。

② 婵娟：姿态美好貌。

③ 令：酒令。又解，美好。

④ 越罗巴锦：越地的罗，巴蜀的锦，均为丝绸名品。巴锦即蜀锦。《初学记·宝器部》：
"《丹阳记》曰，历代尚未有锦，而成都独称妙，故三国时，魏则市于蜀，吴亦资西
蜀。至是始有之。"

⑤ 沉吟：间断地低声自语，迟疑不决。

⑥ 槛：栏杆。

⑦ 断香轻碧：指杏花零落后，香销叶绿。

宋／刘松年／四景山水图

其九

晚逐香车入凤城①。东风斜揭绣帘轻。慢回②娇眼笑盈盈。

消息未通何计是，便须佯醉且随行。依稀闻道太狂生③。

其十

小市东门欲雪天。众中依约见神仙④。蕊黄香画帖金蝉⑤。

饮散黄昏人草草⑥，醉容无语立门前。马嘶尘烘⑦一街烟。

---

① 凤城：京都的美称。

② 慢回：漫不经心地回眼。

③ 太狂生：大狂妄了。生，语尾助词，诗词中常用，唐宋口语。李白《戏杜甫》："借问别来太瘦生，总为从前作诗苦。"

④ 神仙：指所见之美女。

⑤ "蕊黄"句：写女子装扮。蕊黄，额黄。金蝉，古代妇女所用金色蝉形的贴面饰物。

⑥ 草草：仓促匆忙。《诗经·小雅·巷伯》："骄人好好，劳人草草。"朱熹注："草草，扰也。"

⑦ 尘烘：尘土飞扬。

临江仙

烟收湘渚秋江静，蕉花露泣愁红。五云①双鹤去无踪。几回魂断，凝望向长空。

翠竹暗留珠泪怨②，闲调宝瑟波中③。花鬟月鬓绿云重。古祠深殿，香冷雨和风。

女冠子

露花烟草。寂寞五云三岛④。正春深。貌减潜消玉，香残尚惹襟。

竹疏虚槛静，松密醮坛阴。何事刘郎去，信沉沉。

---

① 五云：青、白、赤、黑、黄五色瑞云。
② "翠竹"句：《述异记》载，舜南巡，葬于苍梧，尧二女娥皇、女英泪下沾竹，竹尽斑。
③ "闲调"句：用湘灵鼓瑟典。调，弹奏。《楚辞·远游》："使湘灵鼓瑟兮，令海若舞冯夷。"
④ 五云三岛：仙家所居之处。《史记·封禅书》："蓬莱、方丈、瀛洲，此三神山者在渤海中，诸仙人及不死药在焉，而黄金白银为宫阙。"

宋 / 夏圭 / 雪堂客话

河传

渺莽①，云水。惆怅暮帆，去程迢递。夕阳芳草，千里万里。雁声无限起。

梦魂悄断烟波里。心如醉。相见何处是。锦屏香冷无睡。被头多少泪。

其二

红杏。交枝相映。密密濛濛。一庭浓艳倚东风。香融。透帘栊。

斜阳似共春光语。蝶争舞。更引流莺②妒。魂销千片玉樽前。神仙。瑶池③醉暮天。

---

① 渺莽：同"渺茫"。烟波辽阔无际貌。
② 流莺：即莺。流，谓其鸣声婉转。
③ 瑶池：古代传说中昆仑山上的池名，西王母所居。

酒泉子

春雨打窗。惊梦觉来天气晓。画堂深，红焰小。背兰釭。

酒香喷鼻懒开缸。惆怅更无人共醉。旧巢中，新燕子。语双双。

其二

紫陌青门①，三十六宫②春色。御沟③辇路④暗相通。杏园风。

咸阳沽酒宝钗空⑤。笑指未央⑥归去，插花走马落残红。月明中。

---

① 青门：汉长安城东南门。本名霸城门，因其门色青，故俗呼为"青门""青城门"。
② 三十六宫：极言宫殿之多。
③ 御沟：流经宫苑的河道。
④ 辇路：天子车驾所经的道路。
⑤ 宝钗空：买酒后宝钗玉器用尽。
⑥ 未央：即未央宫，故址在今陕西西安市西北长安故城内西南隅。汉高帝七年建，常为朝见之处。新莽末毁。东汉末董卓复葺未央殿。唐未央宫在禁苑中，至唐末毁。

生查子

相见稀，喜相见。相见还相远。檀画荔枝红 ①，金蔓蜻蜓软 ②。

鱼雁疏，芳信断。花落庭阴晚。可惜玉肌肤，消瘦成慵懒。

思越人

燕双飞，莺百啭，越波堤 ③ 下长桥。斗钿花筐 ④ 金匣恰 ⑤，舞衣罗薄纤腰。

东风澹荡慵无力。黛眉愁聚春碧。满地落花无消息。月明肠断空忆。

---

① "檀画"句：画家七十二色有檀色，浅赭色，此指面妆或唇妆。
② "金蔓"句：金丝所制的首饰，如飞舞的蜻蜓状。
③ 越波堤：或即"月波堤"。泛指河堤。
④ 斗钿、花筐：均为女子首饰。
⑤ 金匣恰：用熨斗将衣物烙平。金匣，熨斗。

满宫花

花正芳，楼似绮①。寂寞上阳宫②里。钿笼③金琐睡鸳鸯，帘冷露华珠翠。

娇艳轻盈香雪腻。细雨黄莺双起。东风惆怅欲清明，公子桥边沉醉。

柳枝

腻粉琼妆透碧纱。雪休夸④。金凤搔头坠鬓斜。发交加。

倚着云屏新睡觉。思梦笑。红腮隐出枕函⑤花。有些些⑥。

---

① 楼似绮：华美的楼阁。
② 上阳宫：唐宫名，高宗时建于洛阳。
③ 钿笼：用金箔饰的鸟笼。
④ 雪休夸：雪不如人白。
⑤ 枕函：枕套。
⑥ 些些（xiā）：少许，一点。

宋 / 佚名 / 驯禽俯啄图

南歌子

柳色遮楼暗，桐花落砌①香。画堂开处远风凉。高卷水精帘额②，衬斜阳。

其二

岸柳拖烟绿，庭花照日红。数声蜀魄③入帘栊。惊断碧窗残梦，画屏空。

其三

锦荐④红鸂鶒，罗衣绣凤皇。绮疏⑤飘雪北风狂。帘幕尽垂无事，郁金香⑥。

---

① 砌：台阶。
② 帘额：帘子的上端。
③ 蜀魄：即蜀魂。指杜鹃。相传蜀主名杜宇，号望帝，死化为鹃。春月昼夜悲鸣，蜀人闻之，曰：我望帝魂也。
④ 锦荐：以锦缘饰的席子。亦泛指华美的垫席。
⑤ 绮疏：雕刻成空心花纹的窗户。
⑥ 郁金香：指室内充满郁金的香气。郁金，多年生草本植物，姜科。叶片长圆形，夏季开花，穗状花序圆柱形，白色。有块茎及纺锤状肉质块根，黄色，有香气。中医以块根入药，古人亦用作香料，泡酒或作染料。

江城子

碧栏干外小中庭^①。雨初晴。晓莺声。飞絮落花，时节近清明。睡起卷帘无一事，匀面了^②，没心情。

其一

浣花溪^③上见卿卿。脸波^④明。黛眉轻。绿云高绾，金簇小蜻蜓^⑤。好是问他来得么，和笑道，莫多情。

---

① 中庭：庭院。庭院之中。
② 匀面了：擦完脂粉。了，完成。
③ 浣花溪：一名濯锦江，又名百花潭，在四川成都西郊，锦江支流，溪畔有杜甫故居浣花草堂。
④ 脸波：眼波。
⑤ 金簇小蜻蜓：金缕结成蜻蜓状首饰。

宋／赵佶／瑞鹤图（局部）

河渎神

古树噪寒鸦。满庭枫叶芦花。昼灯^① 当午隔轻纱。画阁珠帘影斜。

门外往来祈赛客^②，翩翩帆落天涯。回首隔江烟火，渡头三两人家。

胡蝶儿

胡蝶儿。晚春时。阿娇^③ 初着淡黄衣。倚窗学画伊^④。

还似花间见，双双对对飞。无端和泪拭燕脂^⑤，惹教双翅垂。

---

① 昼灯：神庙里所燃的长明灯。

② 祈赛客：祭神的香客。祈赛，谢神佑助的祭典。

③ 阿娇：汉武帝陈皇后。《汉武故事》："胶东王数岁，公主抱置膝上问曰：'儿欲
得妇否？'长主指左右长御百余人，皆云不用，指其女：'阿娇好否？'笑对曰：'好，
若得阿娇作妇，当作金屋贮之。'长主大悦。"此指词中的女子。

④ 伊：他，此处指蝴蝶。

⑤ 燕脂：胭脂。

宋 / 佚名 / 碧桃图

毛文锡

三十一首

毛文锡，生卒年不详，字平珪，高阳或南阳人。
本是唐进士，唐亡，仕前蜀，任中书舍人、翰林
学士，官至司徒，后贬茂州司马。或云前蜀亡后，
随王衍入洛而卒。一说未几复事孟氏，与欧阳炯
等五人以小词为后蜀主孟昶所赏，人称"五鬼"。

虞美人

鸳鸯对浴银塘①暖。水面蒲梢短。垂杨低拂麴尘波②。蛟丝结网露珠多。滴圆荷。

谩思桃叶③杳汀碧。便是天河隔。锦鳞红鬣④影沉沉。相思空有梦相寻。意难任。

其二

宝檀⑤金缕鸳鸯枕。绶带⑥盘宫锦⑦。夕阳低映小窗明。南园绿树语莺莺。梦难成。

玉炉香暖频添炷。满地飘轻絮。珠帘不卷度沉烟⑧。庭前闲立画秋千。艳阳天。

---

① 银塘：清澈明净的池塘。
② 麴尘波：初春时嫩柳倒映水中而呈鹅黄色的春水。
③ 桃叶：晋王献之爱妾。借指爱恋的女子。
④ 锦鳞红鬣：彩鳞红鳍，鱼的美称。代指信使。
⑤ 宝檀：檀香木。以其珍贵，故称。
⑥ 绶带：衣带。
⑦ 宫锦：宫中特制或仿造宫样所制的锦缎。
⑧ 沉烟：沉香之烟。

酒泉子

绿树春深，燕语莺啼声断续。蕙风^①飘荡入芳丛^②。惹残红。

柳丝无力袅烟空^③。金盏不辞须满酌。海棠花下思朦胧。醉香风。

喜迁莺

芳春景，暖^④晴烟，乔木见莺迁。传枝隈叶语关关^⑤。飞过绮丛间。

锦翼鲜。金毳^⑥软。百啭千娇相唤。碧纱窗晓怕闻声，惊破鸳鸯暖。

---

① 蕙风：和暖的春风。
② 芳丛：花丛。
③ 烟空：高空，缥缈的云天。
④ 暖：日光昏暗。
⑤ 关关：鸟类雌雄相和的鸣声。后亦泛指鸟鸣声。
⑥ 毳（cuì）：鸟兽的细毛。

宋/赵大亨/薇省黄昏图（局部）

赞成功

海棠未坼[1]，万点深红。香包[2]缄[3]结一重重。似含羞态，邀勒[4]春风。蜂来蝶去，任绕芳丛。

昨夜微雨，飘洒庭中。忽闻声滴井边桐。美人惊起，坐听晨钟。快教折取，戴玉珑璁[5]。

西溪子

昨日西溪[6]游赏。芳树奇花千样。琐[7]春光。金樽满。听弦管。娇妓舞衫香暖。不觉到斜晖。马驮归。

---

① 坼：绽放。

② 香包：花苞。

③ 缄：封闭。

④ 邀勒：强迫，逼勒。

⑤ 珑璁：形容金属、玉石的撞击声。

⑥ 西溪：泛指游赏之地。

⑦ 琐：同"锁"。留住。

中兴乐

荳蔻^①花繁烟艳^②深。丁香软结同心^③。翠鬟女。相与。共淘金。

红蕉叶里猩猩^④语。鸳鸯浦。镜中鸾舞^⑤。丝雨。隔荔枝阴。

更漏子

春夜阑，春恨切。花外子规啼月。人不见，梦难凭。红纱一点灯。

偏怨别。是芳节。庭下丁香千结^⑥。宵雾散，晓霞辉。梁间双燕飞。

---

① 荳蔻：豆蔻。
② 烟艳：指明媚的春光。
③ "丁香"句：指丁香花蕾如同心结。
④ 猩猩：似猿。声如小儿。《山海经·南山经》："有兽焉，其状如禺而白耳，伏行人走，其名曰狌狌。"猩，亦作"狌"。
⑤ 镜中鸾舞：或喻溪水如镜，淘金翠鬟女活泼嬉戏，影映水中，如鸾凤起舞。
⑥ 丁香千结：喻愁心。

宋 / 吴元瑜 / 荻花白鹅图

接贤宾

香鞯镂襜①五花骢②。值春景初融。流珠喷沫蹀躞③，汗血流红④。

少年公子能乘驭，金镳⑤玉辔珑璁。为惜珊瑚鞭⑥不下，骄生百步千踪⑦。信穿花，从拂柳，向九陌追风。

赞浦子

锦帐添香睡，金炉换夕熏⑧。懒结芙蓉带，慵拖翡翠裙。

正是桃夭柳媚⑨，那堪暮雨朝云。宋玉高唐意，裁琼⑩欲赠君。

---

① 香鞯（jiān）镂襜（chān）：精美的鞍鞯。
② 五花骢：毛色斑驳之马。或即五花马。唐人喜将骏马鬃毛修剪成瓣以为饰，分成五瓣者，称"五花马"，亦称"五花"。
③ 蹀躞（xiè dié）：马行貌。
④ 汗血流红：马汗如血。古代西域骏马汗血马，流汗如血，后多以指骏马。
⑤ 镳（biāo）：马勒。
⑥ 珊瑚鞭：华贵的马鞭。
⑦ 百步千踪：指马信步纵跃。
⑧ "金炉"句：金炉换上供夜间熏香的燃料。
⑨ 桃夭柳媚：喻女子青春美貌。
⑩ 裁琼：琼，此喻信笺。江淹《效谢惠连赠别》："烟景若离远，未响寄琼瑶。"琼瑶，喻美好的诗文。

甘州遍

　　春光好，公子爱闲游。足风流。金鞍白马，雕弓宝剑，红缨①锦襜②出长楸③。

　　花蔽膝④，玉衔头⑤。寻芳逐胜欢宴，丝竹不曾休。美人唱，揭调⑥是甘川⑦。醉红楼，尧年舜日⑧，乐圣⑨永无忧。

---

① 红缨：红色马缰。
② 锦襜：锦织鞍垫。
③ 长楸：高大的楸树。古代常种于道旁。屈原《离骚·九章·哀郢》："望长楸而太息兮，涕淫淫其若霰。"王逸注："长楸，大梓。言己顾望楚都，见其大道长树，悲而太息。"后借指大路。
④ 蔽膝：围于衣服前面的大巾。用以蔽护膝盖。
⑤ 衔头：马嚼口。
⑥ 揭调：高亢的调子。
⑦ 甘州：唐教坊曲名。《新唐书·礼乐志》："天宝乐曲，皆以边地为名，若凉州、甘州、伊州之类。"
⑧ 尧年舜日：指太平盛世。
⑨ 乐圣：乐逢圣世。

明 / 项圣谟 / 秋景图

其二

秋风紧，平碛①雁行低。阵云齐。萧萧飒飒，边声②四起，愁闻戍角与征鼙③。

青冢④北，黑山⑤西。沙飞聚散无定，往往路人迷。铁衣⑥冷，战马血沾蹄。破番奚⑦。凤凰诏⑧下，步步蹑丹梯⑨。

① 平碛：平旷的沙漠。
② 边声：边境上羌管、胡笳、画角等音乐声音。
③ 鼙（pí）：古代军中的小鼓。征鼙，喻战事。
④ 青冢：汉代王昭君墓。今内蒙古呼和浩特市南。传说塞草皆白，此冢独青。
⑤ 黑山：在今内蒙古自治区，又名杀虎山。
⑥ 铁衣：铠甲，铁片制成的战衣。
⑦ 番奚：指西方少数民族。奚，古族名。分布在饶乐水（今内蒙古自治区西拉木伦河）流域。南北朝时称"库莫奚"。隋唐时称"奚"。以游牧为生，后渐与契丹人同化。亦泛指北方少数民族。
⑧ 凤凰诏：天子的文告。古代皇帝的诏书要由中书省发，中书省在禁苑中凤凰池处，故称"凤凰诏"，又称"凤诏"。
⑨ 蹑丹梯：踏着朝廷前的阶梯而进。指立边功后受诏回朝朝拜君王。蹑，踩踏。丹梯，又称"丹墀"，古代宫殿前石阶以红色涂饰，喻仕进之路。

纱窗恨

新春燕子还来至。一双飞。垒巢泥湿时时坠。浣^①人衣。

后园里、看百花发，香风拂、绣户金扉^②。月照纱窗，恨依依。

其二

双双蝶翅涂铅粉^③。咂^④花心。绮窗绣户飞来稳。画堂阴。

二三月、爱随飘絮，伴落花、来拂衣襟。更剪轻罗片^⑤，傅黄金^⑥。

---

① 浣（wò）：弄脏，沾污。
② 金扉：华贵的门户。
③ 铅粉：又称"铅白"，古代妇女用来搽脸。
④ 咂（zā）：吮吸。指蝴蝶采蜜。
⑤ 罗片：形容蝴蝶翅膀如剪下的绸片。
⑥ 傅黄金：指蝶色如傅金粉。

柳含烟

隋堤柳，汴河旁。夹岸绿阴千里，龙舟凤舸木兰香[1]。锦帆张。

因梦江南春景好[2]。一路流苏羽葆[3]。笙歌未尽起横流。鏁春愁[4]。

其二

河桥柳，占芳春。映水含烟拂路，几回攀折赠行人。暗伤神。

乐府吹为横笛曲。能使离肠断续。不如移植在金门。近天恩[5]。

---

① "龙舟"句：指隋炀帝幸江都事。唐颜师古《隋遗录》："炀帝将幸江都……至汴，帝御龙舟，萧妃乘凤舸，锦帆彩缆，穷极侈靡。"
② "因梦"句：传说隋炀帝梦游江南，于是决定泛舟去江都看琼花。
③ 流苏羽葆：皇帝仪仗中的车盖。
④ "笙歌"二句：隋炀帝纵乐未毕，天下大乱。鏁，锁。
⑤ "不如"二句：唐孟棨《本事诗》载，白居易姬人樊素善歌，小蛮善舞。尝为诗曰："樱桃樊素口，杨柳小蛮腰。"年既高迈，而小蛮方丰艳，乃作杨柳枝词以托意，曰："一树春风千万枝，嫩于金色软如丝。永丰西角荒园里，尽日无人属阿谁？"及宣宗朝，国乐唱是辞，帝问谁辞？永丰在何处？左右具以对。时永丰坊西南角园中，有垂柳一株，柔条极茂，命人取两枝，植于禁中。金门，汉宫"金马门"，此指天子居所。天恩，皇恩。

宋 / 佚名 / 雪溪放牧图

其三

章台^①柳，近垂旒^②。低拂往来冠盖。朦胧春色满皇州。瑞烟浮。

直与路边江畔别。免被离人攀折。最怜京兆画蛾眉。叶纤时。

其四

御沟柳，占春多。半出宫墙婀娜。有时倒影蘸轻罗。皱尘波。

昨日金銮^③巡上苑^④。风亚^⑤舞腰纤软。栽培得地近皇宫。瑞烟浓。

———————

① 章台：汉代长安街名，歌台舞榭所在地，多柳。
② 垂旒（liú）：古代帝王贵族冠冕前后的装饰，以丝绳系玉串而成。指帝王。
③ 金銮：皇宫正殿或帝王车驾，皆指代皇帝。
④ 上苑：供帝王玩赏、打猎的园林。
⑤ 风亚：被风吹低。

醉花间

休相问。怕相问。相问还添恨。春水满塘生，鸂鶒还相趁^①。昨夜雨霏霏，临明寒一阵。偏忆戍楼人^②，久绝边庭^③信。

其二

深相忆。莫相忆。相忆情难极。银汉是红墙，一带遥相隔。金盘珠露滴^④。两岸榆花白。风摇玉佩清，今夕为何夕^⑤。

---

① 相趁：跟随，相伴。
② 戍楼人：戍守边疆的征人。
③ 边庭：边疆。
④ "金盘"句：汉武帝迷信神仙，于建章宫筑神明台，立铜仙人舒掌捧铜盘承接甘露，冀饮以延年。
⑤ "今夕"句：《诗经·唐风·绸缪》："今夕何夕，见此良人。"

宋／朱锐／溪山行旅图

浣溪沙

春水轻波浸绿苔。枇杷洲^①上紫檀开。晴日眠沙鸂鶒稳，暖相偎。

罗袜生尘^②游女^③过，有人逢着弄珠回。兰麝飘香初解佩^④，忘归来。

其二

七夕年年信不违^⑤。银河清浅白云微。蟾光鹊影^⑥伯劳^⑦飞。

每恨蟪蛄怜婺女^⑧，几回娇妒下鸳机^⑨。今宵嘉会两依依。

---

① 枇杷洲：或为琵琶洲。有多处。《一统志》："琵琶洲在饶州余干县治南水中，拥
沙成洲，状如琵琶。"

② 罗袜生尘：三国魏曹植《洛神赋》："凌波微步，罗袜生尘。"

③ 游女：《诗·周南·汉广》："汉有游女，不可求思。"此指出游的女子。

④ 弄珠、解佩：用郑交甫汉皋遇二女事。见韦庄《浣溪沙》"其四"注。

⑤ "七夕"句：用牛郎织女的故事。《荆楚岁时记》载，天河之东有织女，天帝之女
孙也。年年织杼劳役，织成云锦天衣，天帝怜其独处，许嫁河西牵牛郎。嫁后遂废织，
天帝怒，责令归河东，唯每年七月七日夜，渡河一会。信不违，不违信期。

⑥ 蟾光鹊影：月亮之光，鹊桥之影。《风俗通》载，织女七夕当渡河，使鹊为桥。

⑦ 伯劳：鸟名。又名鵙或鴂。善鸣。《玉台新咏·古词〈东飞伯劳歌〉》："东飞伯
劳西飞燕，黄姑织女时相见。"后借指离别的亲人或朋友。

⑧ "每恨"句：常恨蟪蛄啼鸣，仿佛是对婺女倾诉着无尽情意。蟪蛄（huì gū），
蝉的一种，吻长，黄绿色，夏秋能鸣。婺女，又称"女宿"，星名，二十八宿之一。《礼
记·月令》："孟夏之月，且，婺女中。"《史记·天官书》："婺女，其北织女。"

⑨ 鸳机：织机的美称。

189

月宫春

水精宫①里桂花②开。神仙探几回。红芳金蕊绣重台,低倾马脑③杯。

玉兔银蟾④争守护。姮娥⑤姹女⑥戏相偎。遥听钧天九奏⑦,玉皇⑧亲看来。

---

① 水精宫：月宫。
② 桂花：《酉阳杂俎》载，月中有桂，高五百丈，下有一人常斫之，树创随合，其人姓吴名刚，河西人，学仙有过，谪伐桂。
③ 马脑：玛瑙。
④ 玉兔银蟾：传说月宫中有玉兔、蟾蜍。
⑤ 姮娥：嫦娥。
⑥ 姹女：少女，美女。
⑦ 钧天九奏：天上的仙乐。
⑧ 玉皇：道教称天帝曰玉皇大帝，简称玉帝、玉皇。

恋情深

滴滴铜壶寒漏咽①。醉红楼月。宴余香殿会鸳衾。荡春心。

真珠帘下晓光侵。莺语隔琼林②。宝帐欲开慵起，恋情深。

其一

玉殿春浓花烂熳。簇神仙伴③。罗裙窣地④缕黄金。奏清音⑤。

酒阑歌罢两沉沉。一笑动君心。永愿作鸳鸯伴，恋情深。

---

① 寒漏咽：春夜清寒，滴漏之声悠长沉闷，如泣如诉。
② 琼林：花树的美称。
③ 簇神仙伴：聚集着一群神仙般美丽的女伴。
④ 窣地：拂地。
⑤ 清音：清越动听的乐曲。

诉衷情

桃花流水漾纵横。春昼彩霞明。刘郎去，阮郎行。惆怅恨难平。

愁坐对云屏。算归程。何时携手洞边迎。诉衷情。

其一

鸳鸯交颈绣衣轻。碧沼①藕花馨②。偎藻荇③，映兰汀④。和雨浴浮萍。

思妇对心惊。想边庭。何时解佩掩云屏。诉衷情。

---

① 沼：池塘。《韵会》："园曰池，曲曰沼。"
② 馨：散布得很远的香味。《尚书·酒诰》："黍稷非馨，明德惟馨。"
③ 藻荇（xìng）：泛指水草。荇，荇菜。多年生草本植物，叶略呈圆形，浮于水面，根生水底，花黄色。《诗经·周南·关雎》："参差荇菜，左右流之。"
④ 兰汀：生有香草的水滨。

应天长

平江波暖鸳鸯语。两两钓船归极浦。芦洲一夜风和雨。飞起浅沙翘雪鹭[1]。

渔灯明远渚。兰棹今宵何处。罗袂[2]从风轻举。愁杀采莲女。

河满子

红粉楼前月照，碧纱窗外莺啼。梦断[3]辽阳音信，那堪独守空闺。恨对百花时节，王孙[4]绿草萋萋[5]。

---

① 翘雪鹭：白鹭长颈高翘。
② 罗袂：罗袖。
③ 梦断：梦醒。
④ 王孙：贵族子弟。用作对人的尊称。
⑤ 草萋萋：春草茂盛的样子。刘安《招隐士》："王孙游兮不归，春草生兮萋萋。"

巫山一段云

雨霁 ① 巫山上，云轻映碧天。远风吹散又相连。十二晚峰 ② 前。

暗湿啼猿树，高笼过客船。朝朝暮暮楚江边。几度降神仙。

临江仙

暮蝉声尽落斜阳。银蟾影挂潇湘 ③。黄陵庙 ④ 侧水茫茫。楚山红树，烟雨隔高唐。

岸泊渔灯风飐 ⑤ 碎，白蘋远散浓香。灵娥 ⑥ 鼓瑟韵清商 ⑦。朱弦凄切，云散碧天长。

---

① 雨霁（jì）：雨停。霁，雨雪停止，天放晴。
② 十二晚峰：指巫山十二峰，见皇甫松《天仙子》注。
③ 潇湘：潇水和湘水合称。均在湖南境内。
④ 黄陵庙：传说为舜二妃娥皇、女英之庙，亦称二妃庙，在湖南省湘阴县之北。
⑤ 飐（zhǎn）：风吹颤动。
⑥ 灵娥：即湘灵。古代传说中的湘水之神。一说，为舜妃，即湘夫人。
⑦ 清商：商声，古代五音之一。古谓其调凄清悲凉，故称。

清／任伯年／玫瑰双禽图（局部）

牛希济

十一首

牛希济（872？—？），甘肃临洮人，是牛峤的侄子。世乱流寓入蜀，依季父峤。累官翰林学士、御史中丞。前蜀亡，随后主入洛。李冰若《栩庄漫记》称"词笔清俊，胜于乃叔，雅近韦庄，尤善白描"。

临江仙

峭碧参差十二峰。冷烟寒树重重。瑶姬①宫殿是仙踪。金炉珠帐，香霭昼偏浓。

一自楚工惊梦断②，人间无路相逢。至今云雨带愁容。月斜江上，征棹动晨钟。

其二

谢家③仙观寄云岑④。岩萝拂地成阴。洞房⑤不闭白云深。当时丹灶⑥，一粒化黄金。

石壁霞衣犹半挂⑦，松风长似鸣琴。时闻唳⑧鹤起前林。十洲高会⑨，何处许相寻。

---

① 瑶姬：巫山神女。
② "一自"句：用宋玉《高唐赋序》典。
③ 谢家：谢女修仙的道观，在今广东省中山市南海中，地名谢女峡，仙女澳。
④ 云岑（cén）：云山。
⑤ 洞房：指修道场所。
⑥ 丹灶：炼仙丹的炉灶。
⑦ "石壁"句：石壁斑驳陆离，如仙女之霞衣挂于山侧。
⑧ 唳（lì）：鹤鸣。
⑨ 十洲高会：指仙人在十洲会聚。《十洲记》："汉武帝闻西王母说巨海之中有祖洲、瀛洲、玄洲、炎洲、长洲、元洲、流洲、生洲、凤麟洲、聚窟洲。此十洲乃人迹稀绝处。"后人以十洲为仙人所居的地方。

其三

渭阙① 宫城秦树凋。玉楼独上无憀。含情不语自吹箫。调清和恨②，天路逐风飘③。

何事乘龙人忽降，似知深意相招④。三清⑤携手路非遥。世间屏障，彩笔画娇饶

其四

江绕黄陵春庙闲。娇莺独语关关⑥。满庭重叠绿苔斑。阴云无事，四散自归山⑦。

箫鼓声稀香烬冷，月娥⑧敛尽弯环。风流皆道胜人间。须知狂客，判死⑨为红颜。

---

① 渭阙：秦代宫城近渭水，故称。
② 调清和恨：曲调清凄，含着怨意。和：含着。
③ "天路"句：随风飘天际。指箫声缭绕云天。
④ "何事"二句：《列仙传》载，周宣王的史官萧史，善吹箫作凤鸣，秦穆公以女弄玉妻之，日教弄玉吹箫，数年而似凤鸣。有凤来止，公为筑凤台，后萧史乘龙，弄玉乘凤，俱飞升去。
⑤ 三清：道家所谓玉清、上清、太清。仙家之境。
⑥ 关关：鸟鸣声。
⑦ 归山：云雾散入山林。
⑧ 月娥：月亮，拟人手法。
⑨ 判死：拼死。

其五

素洛^①春光潋滟^②平。千重媚脸^③初生。凌波罗袜势轻轻。烟笼日照，珠翠半分明。

风引宝衣疑欲舞，鸾回凤翥^④堪惊。也知心许恐无成。陈王辞赋^⑤，千载有声名。

其六

柳带摇风汉水滨。平芜两岸争匀。鸳鸯对浴浪痕新。弄珠游女^⑥，微笑自含春。

轻步暗移蝉鬓动，罗裙风惹轻尘。水晶宫殿岂无因。空劳纤手^⑦，解佩赠情人。

---

① 素洛：清澈的洛水。
② 潋滟（liàn yàn）：水波荡漾。
③ 千重媚脸：指洛神，见《洛神赋》。
④ 鸾回凤翥：鸾鸟回旋，凤凰飞翔。
⑤ 陈王辞赋：陈王，陈思王，即曹植。曹植《洛神赋序》："黄初三年，余朝京师，归济洛川。古人有言，斯水之神名曰宓妃。感宋玉对楚王说神女之事，遂作斯赋。"
⑥ 弄珠游女：指汉皋游女遇郑交甫事。
⑦ 空劳纤手：徒劳纤柔之手。因人与神道不可通，故曰"空劳"。

宋／赵昌／岁朝图轴

其七

洞庭波浪飐晴天。君山①一点凝烟。此中真境②属神仙。玉楼珠殿，相映月轮边。

万里平湖秋色冷，星晨垂影参然③。橘林霜重更红鲜。罗浮山④下，有路暗相连⑤。

---

① 君山：在湖南洞庭湖中，又名湘山。郦道元《水经注》："湖中有君山、编山……是山湘君之所游处，故曰君山。"

② 真境：神仙境界。《拾遗记》载，洞庭山浮于水上，其下有金堂数百间，玉女居之。四时闻金石丝竹之音，彻于山顶。

③ 参然：星光闪烁，时隐时现的样子。

④ 罗浮山：仙山名。《元和志》载，罗山之西有浮山，盖蓬莱之一阜，浮海而至，与罗山并体，故曰罗浮。柳宗元《龙城录》："隋开皇中，赵师雄迁罗浮。一日天寒日暮，在醉醒间，因憩仆车于松林间，酒肆旁舍，见一女人，淡妆素服，出迓师雄。时已昏黑，残雪未消，月夜微明，师雄喜之，与之语，但觉芳香袭人，语言极清丽。因与之扣酒家门，得数杯相与共饮。少顷有一绿衣童子来，笑歌戏舞，亦自可观。师雄醉寐，但觉风寒相袭，久之东方已白，师雄起视，乃在大梅花树下，上有翠羽啾嘈相顾，月落参横，但惆怅而已。"

⑤ "有路"句：传说洞庭口君山下有石穴，潜通吴之包山，俗称"巴陵地道"。

酒泉子

枕转簟凉。清晓^①远钟残梦。月光斜，帘影动。旧炉香^②。

梦中说尽相思事。纤手匀^③双泪。去年书，今日意。断离肠。

生查子

春山烟欲收^④，天澹稀星小。残月脸边明，别泪临清晓。

语已多，情未了。回首犹重道。记得绿罗裙，处处怜芳草^⑤。

---

① 清晓：拂晓。
② 旧炉香：香炉尚存宿香。
③ 匀：抹擦。
④ 烟欲收：烟雾将消失。
⑤ "记得"二句：记得绿色的罗裙，见了春草也会起怜爱之情。南朝江总妻《赋庭草》："雨过草芊芊，连云镇南陌。门前君试看，是妾罗裙色。"

中兴乐

池塘暖碧浸晴晖。濛濛柳絮轻飞。红蕊凋来，醉梦还稀。

春云空有雁归①。珠帘垂。东风寂寞，恨郎抛掷，泪湿罗衣。

谒金门

秋已暮。重叠关山歧路。嘶马摇鞭何处去。晓禽霜满树。

梦断禁城钟鼓。泪滴枕檀②无数。一点凝红和薄雾。翠蛾③愁不语。

---

① "春云"句：春天云际中时见群群飞雁。因未得"雁书"，故言"空有"。
② 枕檀：檀枕，香枕。
③ 翠蛾：黛眉。一作"翠娥"，美女。

宋 / 赵令穰 / 陶潜赏菊图

宋 / 赵孟坚 / 水仙图

欧阳炯

十七首

欧阳炯（896—971），益州华阳（今四川省华阳县）人，少事前蜀王衍为中书舍人，后蜀时拜为宰相，最后随后蜀孟昶归宋，任左散骑常侍。曾为《花间集》作序。况周颐论其词："艳而质，质而愈艳，行间句里，却有清气往来。大概词家如炯，求之晚唐五代，亦不多觏。"

浣溪沙

落絮残莺半日天①。玉柔花醉②只思眠。惹窗映竹满炉烟。

独掩画屏愁不语，斜欹瑶枕③髻鬟偏。此时心在阿谁边④。

其二

天碧罗衣⑤拂地垂。美人初着更相宜。宛风⑥如舞透香肌。

独坐含嚬吹凤竹⑦，园中缓步折花枝。有情无力泥人⑧时。

---

① 半日天：中午。
② 玉柔花醉：形容美人倦怠的形象。
③ 瑶枕：精美的枕头。
④ 阿谁边：谁边。
⑤ 天碧罗衣：青碧如天空之色的罗衣。
⑥ 宛风：软风缭绕。
⑦ 凤竹：笙箫类的乐器。《宋史·乐四》："列其管为箫，聚其管为笙，凤凰于飞，箫则象之，凤凰戾止，笙则之。"
⑧ 泥人：缠磨人。

其三

相见休言有泪珠。酒阑^① 重得叙欢娱。凤屏鸳枕宿金铺^②。

兰麝细香闻喘息，绮罗纤缕见肌肤。此时还恨薄情无^③。

---

① 酒阑：酒意已深。

② 金铺：本来是门上用来衔门环的兽头状东西。后多指门环。此代指闺房。

③ 无：否，表示疑问。唐人诗中，"无"字用于句末时，多表疑问语气。如朱庆余《近试上张水部》："妆罢低声问夫婿，画眉深浅入时无？"

三字令

春欲尽，日迟迟①。牡丹时。罗幌②卷，翠帘垂。彩笺书，红粉泪，两心知。

人不在，燕空归。负佳期。香烬落，枕函敧。月分明，花澹薄，惹相思。

南乡子

嫩草如烟。石榴花①发海南天②。日暮江亭春影渌。鸳鸯浴。水远山长看不足。

其二

画舸③停桡。槿花④篱外竹横桥。水上游人沙上女。回顾。笑指芭蕉林里住。

---

① 石榴花：落叶灌木，叶子长圆形，花多为鲜红色，果实内红色粒可食，又称"安石榴"。
② 海南天：泛指我国南方。
③ 画舸：画船。
④ 槿花：木槿花，夏秋之间开花，红白色，人多植之以为篱。

宋 / 刘松年 / 十八学士图（局部）

其三

岸远沙平。日斜归路晚霞明。孔雀自怜金翠尾。临水。认得行人惊不起 [①]。

其四

洞口谁家。木兰船 [②] 系木兰花。红袖女郎相引去 [③]。游南浦。笑倚春风相对语。

[①] "孔雀"三句：孔雀喜爱自己的金光翠尾，临水照影，见行人来，仿佛早已相识，毫不惊恐。

[②] 木兰船：木兰树所造之船。南朝梁任昉《述异记》："木兰洲在浔阳江中，多木兰树。昔吴王阖闾植木兰于此，用构宫殿也。七里洲中，有鲁般刻木兰为舟，舟至今在洲中。诗家云木兰舟，出于此。"后常为船的美称。

[③] 相引去：相互邀约而去。

其五

二八花钿①。胸前如雪脸如莲。耳坠金环穿瑟瑟②。霞衣窄③。笑倚江头招远客。

其八

路入南中④。桄榔⑤叶暗蓼花红。两岸人家微雨后。收红豆。树底纤纤抬素手。

---

① 二八花钿：少女。二八，十六岁。花钿，金翠珠宝制成的首饰。
② 瑟瑟：碧色宝石。《周书·异域传下·波斯》："（波斯国）又出白象、师子……马瑙、水晶、瑟瑟。"《新唐书·高仙芝传》："仙芝为人贪，破石，获瑟瑟十余斛。"瑟瑟，绿珠。
③ 霞衣窄：彩衣苗条。
④ 南中：泛指我国南方。
⑤ 桄榔：南方常绿乔木，树干高大。《述异记》载，西蜀石门山，有树曰桄榔，皮里出屑如面，用作饼，食之，与面相似。因谓之桄榔面。

其七

袖敛鲛绡①。采香深洞笑相邀。藤杖枝头芦酒滴。铺葵席②。豆蔻花间趖③晚日。

其八

翡翠鸂鶒。白蘋香里小沙汀。岛上阴阴秋雨色。芦花扑。数只鱼船何处宿。

---

① 鲛绡：薄绸名。传说这种绡是为鲛人所织。《述异记》："南海出鲛绡纱，泉室潜织，一名龙纱，其价百余金。以为服，入水不濡。"
② 葵席：葵草所编之席。
③ 趖（suō）：走，移动。

献衷心

见好花颜色，争笑东风。双脸上，晚妆同。闭小楼深阁，春景重重。三五夜^①，偏有恨，月明中。

情未已，信曾通。满衣犹自染檀红。恨不如双燕，飞舞帘栊。春欲暮，残絮尽，柳条空。

---

① 三五夜：农历十五之夜，即月圆之夜。

唐 / 孙位 / 高逸图

贺明朝

忆昔花间初识面。红袖半遮，妆脸轻转。石榴裙带①，故将纤纤，玉指偷撚②。双凤金线。

碧梧桐琐深深院。谁料得两情，何日教缱绻③。羡春来双燕。飞到玉楼，朝暮相见。

其二

忆昔花间相见后。只凭纤手。暗抛红豆。人前不解，巧传心事，别来依旧。辜负春昼。

碧罗衣上蹙④金绣。睹对对鸳鸯，空裛⑤泪痕透。想韶颜⑥非久。终是为伊，只恁⑦偷瘦。

---

① 石榴裙带：石榴花色的裙带，即鲜红色。
② 偷撚：暗中揉搓。
③ 缱绻（qiǎn quǎn）：感情融洽，难分难舍。
④ 蹙：一种刺绣方法。刺绣时紧拈其线，使之紧密匀贴。蹙金，用金线绣花而皱缩其线纹，亦指这种刺绣工艺品。
⑤ 裛（yì）：沾湿，浸染之意。
⑥ 韶颜：年轻美丽的容颜。
⑦ 恁（nèn）：这样。

江城子

晚日金陵①岸草平。落霞明。水无情。六代②繁华，暗逐逝波声。空有姑苏台③上月，如西子镜，照江城④。

---

① 金陵：古邑名。今南京市的别称。
② 六代：此指三国吴、东晋和南朝之宋、齐、梁、陈，皆定都金陵。
③ 姑苏台：吴王夫差所筑，在今江苏吴县西南姑苏山上，见薛昭蕴《浣溪沙》"其七"注。
④ 江城：指金陵。

宋／高克明／文会图

凤楼春

凤髻①绿云②丛。深掩房栊。锦书通。梦中相见觉来慵③。匀面泪，脸珠融。因想玉郎何处去，对淑景④谁同。

小楼中。春思无穷。倚栏颙望⑤，暗牵愁绪，柳花飞起东风。斜日照帘，罗幌香冷粉屏空。海棠零落，莺语残红。

---

① 凤髻：古代的一种发型。唐宇文氏《妆台记》："周文王于髻上加珠翠翘花，傅之铅粉，其髻高名曰凤髻。"
② 绿云：女子乌黑光亮的秀发。
③ 觉来慵：醒来后神情倦怠。
④ 淑景：美景。
⑤ 颙（yóng）望：凝望，抬头呆望。

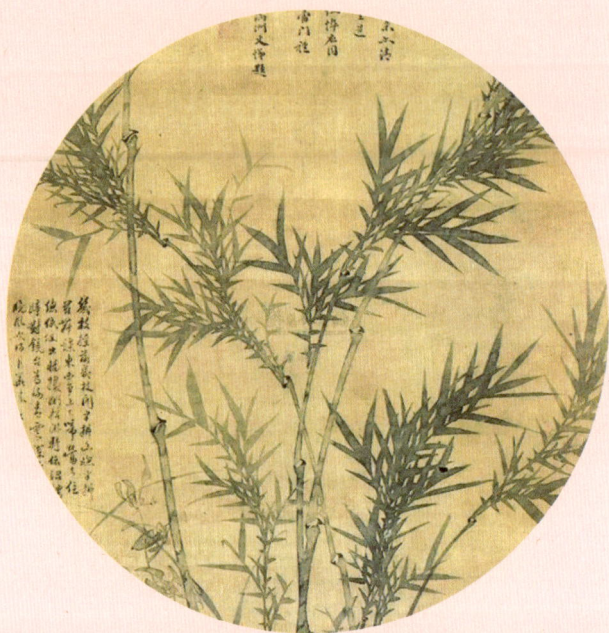

宋／文同／墨竹

和凝

二十首

和凝（898—955），郓州须昌（今山东东平人）。幼聪敏好学，年十七举明经，年十九登进士第。历仕梁、唐、晋、汉、周五朝。少好为曲子，布于汴洛，时号"曲子相公"。以描写艳情见长，也有清新疏淡之作，"清中含艳，愈艳愈清""能状难状之情景"（况周颐语），词风介于温韦之间。

小重山

　　春入神京①万木芳。禁林②莺语滑③，蝶飞狂。晓花擎露④妒啼粧⑤。红日永，风和百花香。

　　烟琐⑥柳丝长。御沟澄碧水，转池塘。时时微雨洗风光。天衢⑦远，到处引笙簧。

---

① 神京：京都。
② 禁林：皇家园林。
③ 莺语滑：莺声流利。白居易《琵琶行》："间关莺语花底滑，幽咽泉流冰下难。"
④ 擎（qíng）露：承露。
⑤ 啼粧：东汉时，妇女以粉薄拭目下，有似啼痕，故名。
⑥ 琐：一作"锁"。
⑦ 天衢：指京都的大路。

其二

正是神京烂熳时。群仙 [1] 初折得，郄诜枝 [2]。乌犀白纻 [3] 最相宜。精神出 [4]，御陌 [5] 袖鞭垂。

柳色展愁眉。管弦分响亮，探花期 [6]。光阴占断曲江池。新榜上，名姓彻丹墀 [7]。

---

① 群仙：指新及第的进士。

② 郄诜（xì shēn）枝：登科。《晋书·郄诜传》载，郄诜对（武帝）曰："臣举贤良策为天下第一，犹桂林之一枝，昆山之片玉。"郄诜枝，即桂枝。

③ 乌犀白纻：新进士的穿着。乌犀，犀牛的一种。皮可为甲，角可为器具、饰物，此指以乌犀角为饰的腰带。白纻（zhù），用苎麻纤维织成的白色夏布，士人未得功名时所穿的衣服。

④ 精神出：意气风发。

⑤ 御陌：京城大道。

⑥ 探花期：及第之后在曲江上宴饮之时。《陔余丛考》载，唐代殿试及第曲江宴，以榜中最年少者二人为探花使，遍游名园，若他人先得名花，则二人受罚。宋初犹然，非指及第第三人。

⑦ 丹墀（chí）：宫殿的赤色台阶或赤色地面。

临江仙

海棠香老①春江晚，小楼雾縠②溕濛③。翠鬟④初出绣帘中。麝烟鸾佩惹蘋风⑤。

碾玉钗摇鸂鶒战，雪肌云鬓将融。含情遥指碧波东。越王台⑥殿蓼花红。

其二

披袍窣地红宫锦，莺语时转轻音。碧罗冠子⑦稳犀簪⑧。凤皇双飐步摇金⑨。

肌骨细匀红玉软⑩，脸波微送春心。娇羞不肯入鸳衾。兰膏光⑪里两情深。

———————————

① 香老：花谢。
② 雾縠：如薄纱的雾气。
③ 溕濛：微雨迷茫貌。
④ 翠鬟：代指少女。
⑤ 蘋风：掠过蘋草之风，微风。
⑥ 越王台：春秋时越王勾践的宫殿，在今浙江绍兴一带。
⑦ 碧罗冠子：古代贵族妇女所戴的一种帽子。五代马缟《中华古今注·冠子》："冠子者，秦始皇之制也。令三妃九嫔当暑戴芙蓉冠子，以碧罗为之。"
⑧ 犀簪：用犀角制的发簪。
⑨ "凤皇"句：凤凰钗、金步摇，随步抖动，二者都是首饰。
⑩ 红玉软：肤色柔美。《西京杂记》："赵飞燕与女弟昭仪，皆色如红玉，为当时第一，并宠后宫。"
⑪ 兰膏光：灯光。

菩萨蛮

越梅①半拆轻寒里。冰清淡薄笼蓝水②。暖觉杏梢红。游丝③狂惹风。

闲阶莎径④碧。远梦犹堪惜。离恨又迎春。相思难重陈⑤。

---

① 越梅：泛指南国的梅花。
② 蓝水：此处泛指碧蓝的春水。
③ 游丝：春日飘荡的蛛丝。
④ 莎径：长满莎草的小径。
⑤ 重陈：重复叙述。

宋 / 佚名 / 花鸟长卷（局部）

山花子

莺锦蝉縠①馥麝脐②。轻裾③花草晓烟迷。鹨鹕颤金红掌坠。翠云低。

星靥④笑偎霞脸畔，蹙金⑤开襜⑥衬银泥⑦。春思半和芳草嫩，绿萋萋。

其二

银字⑧笙寒调正长。水纹簟冷画屏凉。玉腕重□金扼臂⑨，澹梳妆。

几度试香纤手暖，一回尝酒绛唇光。佯弄红丝蝇拂⑩子，打檀郎。

---

① 莺锦蝉縠：如莺羽般的锦绸，如蝉翼般的薄纱。
② 麝脐：雄麝的脐，麝香腺所在。借指麝香。
③ 裾：衣襟。
④ 星靥：酒窝处的妆饰。见温庭筠《归国谣》"其二"注。
⑤ 蹙金：金线盘绣。
⑥ 襜（chān）：系在衣服前面的围裙。《诗·小雅·采绿》："终朝采蓝，不盈一襜。"
毛传："衣蔽前谓之襜。"
⑦ 银泥：一种用银粉调成的颜料，用以涂饰衣物和面部。
⑧ 银字：笙笛类管乐器上用银作字，以表示音调的高低。借指乐器。
⑨ 扼臂：手镯。
⑩ 蝇拂：驱蝇除尘的用具。也称拂尘。多以马尾制成。

河满子

正是破瓜^①年几，含情惯得人饶^②。桃李精神^③鹦鹉舌^④，可堪虚度良宵。却爱蓝罗^⑤裙子，羡他长束纤腰。

其二

写得鱼笺^⑥无限，其如花锁春辉。目断^⑦巫山云雨，空教残梦依依。却爱薰香小鸭^⑧，羡他长在屏帏。

---

① 破瓜：旧称女子十六岁为"破瓜"。"瓜"字拆开为两个八字，即二八之年，故称。
② 饶：宽容。引申为怜。
③ 精神：风采神韵。
④ 鹦鹉舌：言语灵巧。
⑤ 蓝罗：深蓝色的丝织物。
⑥ 鱼笺：鱼子笺的简称。代称书信。
⑦ 目断：望断。
⑧ 小鸭：鸭形香炉。

薄命女

天欲晓。宫漏穿花声缭绕。窗里星光少。冷雾寒侵帐额，残月光沉树杪①。梦断锦帏空悄悄。强起愁眉小。

望梅花

春草全无消息。腊雪犹余踪迹。越岭②寒枝香自拆。冷艳奇芳堪惜。何事寿阳③无处觅。吹入谁家横笛④。

---

① 树杪：树梢。
② 越岭：越城岭。在今广西金州、资源等县之间。
③ 寿阳：南朝宋武帝女寿阳公主，正月初七卧于含章檐下，梅花落于公主额上，成五出之花，拂之不去，自后有"梅花妆"。
④ 横笛：指笛曲《梅花落》。《乐府诗集·横吹曲辞四·梅花落》郭茂倩题解："《梅花落》本笛中曲也。按，唐大角曲，亦有《大单于》《小单于》《大梅花》《小梅花》等曲，今其声犹有存者。"

宋／马和之／诗经陈风十篇（局部）

天仙子

柳色披衫金缕凤。纤手轻捻红豆弄。翠娥①双敛正含情，桃花洞②。瑶台③梦。一片春愁谁与共。

其二

洞口④春红飞蔌蔌⑤。仙子含愁眉黛绿。阮郎何事不归来，懒烧金⑥，慵篆玉⑦。流水桃花空断续。

---

①娥：一作"蛾"。
②桃花洞：刘晨、阮肇在天台山采药遇仙女的地方。
③瑶台：传说中神仙居住的地方。
④洞口：此处指桃花洞。
⑤蔌蔌：花落貌。
⑥烧金：焚香于炉。
⑦篆玉：盘香。此指焚香。

春光好

纱窗暖，画屏闲。鬓云鬟。睡起四肢无力，半春间。

玉指剪裁罗胜①，金盘点缀酥山。窥宋②深心无限事，小眉弯。

其二

蘋叶软，杏花明。画船轻。双浴鸳鸯出渌汀。棹歌声③。

春水无风无浪，春天半雨半晴。红粉相随南浦晚，几含情。

---

① 罗胜：古代饰物。用丝罗剪制。
② 窥宋：战国楚宋玉《登徒子好色赋》："天下之佳人，莫若楚国；楚国之丽者，莫若臣里；臣里之美者，莫若臣东家之子……然此女登墙窥臣三年，至今未许也。"后以"窥宋"指女子对意中人的爱慕。
③ 棹歌声：船家所唱歌声。

元 / 王振鹏 / 百美图手卷（局部）

采桑子

蜻蜻领^①上诃梨子^②，绣带双垂。椒户^③闲时。竞学樗蒲^④赌荔枝。

丛头鞋子^⑤红编细^⑥。裙窣金丝。无事颦眉。春思翻教阿母疑。

---

① 蜻蜻（qiú qí）领：喻女子洁白丰润的颈项。《诗经·卫风·硕人》："领如蜻蜻。"
② 诃梨子：妇女之云肩。
③ 椒户：椒房。汉皇后所居的宫殿以花椒子和泥涂壁，取温暖、芬芳、多子之义。亦泛指富贵人家的闺房。
④ 樗蒲（chū pú）：古代一种博戏，后世亦以指赌博。
⑤ 丛头鞋子：鞋头作花丛状。
⑥ 红编细：系鞋的红丝带。

柳枝

软碧摇烟似送人。映花时把翠娥 ① 嚬。青青自是风流主 ②，慢飐金丝待洛神。

其二

瑟瑟 ③ 罗裙金缕腰。黛眉偎破未重描。醉来咬损新花子 ④，拽住仙郎 ⑤ 儘放娇。

---

① 娥：一作"蛾"。
② "青青"句：《南史·张绪传》："绪吐纳风流，听者皆忘饥疲，见者肃然如在宗庙。虽终日与居，莫能测焉。刘悛之为益州，献蜀柳数株，枝条甚长，状若丝缕。时旧宫芳林苑始成，武帝以植于太昌灵和殿前，常赏玩咨嗟，曰：'此杨柳风流可爱，似张绪当年时。'"
③ 瑟瑟：碧绿色。
④ 花子：古时妇女贴、画在面颊上的装饰。
⑤ 仙郎：唐代称尚书省各部郎中、员外郎为"仙郎"。借称俊美的青年男子。多用于爱情关系。

其三

鹊桥初就咽银河。今夜仙郎自姓和①。不是昔年攀桂树②，岂能月里索姮娥。

---

① 自姓和：和凝自谓。
② 攀桂树：即折桂，喻登科。

玉勒雕鞍寵太真年，敕後幸華清
開元四十萬匹馬何事驅驅蜀道行
吳興錢選舜舉

元 / 钱选 / 杨贵妃上马图

渔父

　　白芷汀[①]寒立鹭鸶。蘋风轻剪浪花时。烟幂幂[②]，日迟迟。香引芙蓉[③]惹钓丝。

---

① 白芷汀：长满白芷草的水边平地。
② 幂幂：覆盖的样子。
③ 芙蓉：荷花。

清／虚谷／紫绶金章

宋／赵昌（传）／茉莉花图

顾夐

五十五首

顾夐，生卒字里不详。性诙谐，善小词。前蜀王
建时为宫廷小臣，有秃鹙鸟飞翔于摩诃池上，夐
作词刺之，祸几不测。久之，擢茂州刺史。后蜀时，
事孟知祥，累官至太尉。清况周颐《餐樱庑词话》：
"顾夐艳词，多质朴语，妙在分际恰合。孙光宪
便涉俗。""顾太尉，五代艳词上驷也。工致丽密，
时复清疏。以艳之神与骨为清，其艳乃益入神入
骨。其体格如宋院画工笔折枝小帧，非元人设色
所及。"

虞美人

晓莺啼破相思梦。帘卷金泥凤①。宿妆犹在酒初醒，翠翘②慵整倚云屏。转娉婷。

香檀③细画侵桃脸。罗袂轻轻敛。佳期堪恨再难寻。绿芜满院柳成阴。负春心。

其二

触帘风送景阳钟④。鸳被绣花重。晓帏初卷冷烟浓。翠匀粉黛好仪容。思娇慵。

起来无语理朝妆⑤。宝匣镜凝光。绿荷相倚满池塘。露清枕簟藕花香。恨悠扬。

---

① 金泥凤：金粉涂饰的凤凰图案。
② 翠翘：古代妇人首饰的一种。状似翠鸟尾上的长羽，故名。
③ 香檀：化妆品，用以描画口唇等。
④ 景阳钟：南朝齐武帝以宫深不闻端门鼓漏声，置钟于景阳楼上。宫人闻钟声，早起装饰。后人称之为"景阳钟"。
⑤ 朝妆：晨妆。

其三

翠屏闲掩垂珠箔①。丝雨笼池阁。露粘红藕咽清香。谢娘娇极不成狂。罢朝妆。

小金鸂鶒沉烟细②。腻枕堆云髻。浅眉微敛注檀轻③。旧欢时有梦魂惊。悔多情。

其四

碧梧桐映纱窗晚。花谢莺声懒。小屏屈曲④掩青山。翠帏香粉玉炉寒。两蛾攒⑤。

颠狂⑥年少轻离别。辜负春时节。画罗红袂有啼痕。魂销无语倚闺门。欲黄昏。

---

① 珠箔：珠帘。
② "小金"句：指小金鸂鶒形香炉。沉烟，沉香的焚烟。
③ 注檀轻：浅涂红唇。
④ 屈曲：小屏上用以折叠的环纽。
⑤ 两蛾攒：双眉愁聚。
⑥ 颠狂：放浪不受约束。

其五

深闺春色劳思想①。恨共春芜长。黄鹂娇啭呢芳妍。杏枝如画倚轻烟。琐窗前。

凭栏愁立双蛾②细。柳影斜摇砌。玉郎还是不还家。教人魂梦逐杨花。绕天涯。

其六

少年艳质胜琼英③。早晚别三清④。莲冠⑤稳簪钿篦横。飘飘罗袖碧云轻。画难成。

迟迟少转腰身袅。翠靥眉心小。醮坛风急杏花香。此时恨不驾鸾凰。访刘郎⑥。

---

① 劳思想：勤思念。
② 双蛾：双眉。蛾，有本作"娥"，疑误。
③ 琼英：似玉的美石。
④ 三清：神仙居所。
⑤ 莲冠：指女道士所戴莲形冠。
⑥ 刘郎：指情郎。

宋／李迪／红白芙蓉图（二）

河传

燕飏①，晴景。小窗屏暖，鸳鸯交颈。菱花②掩却翠鬟欹，慵整。海棠帘外影。

绣帏香断金鹨鶒。无消息，心事空相忆。倚东风。春正浓。愁红。泪痕衣上重。

其二

曲槛③。春晚。碧流纹细，绿杨丝软。露花鲜，杏枝繁，莺啭。野芜平似剪。

直是人间到天上。堪游赏。醉眼疑屏障。对池塘。惜韶光④。断肠。为花须尽狂。

---

① 燕飏：燕飞。
② 菱花：指镜子。
③ 曲槛：曲折的栏杆。
④ 韶光：美好的时光，常指春光。

其三

棹举。舟去。波光渺渺，不知何处。岸花汀草共依依。雨微。鹧鸪相逐飞。

天涯离恨江声咽。啼猿切。此意向谁说。舣栏桡^①。独无憀。魂销。小炉香欲焦。

---

① 舣栏桡：泊船靠岸。有本作"倚兰桡"。

253

宋／崔白／枇杷孔雀图

甘州子

一炉龙麝①锦帷傍。屏掩映，烛荧煌②。禁楼刁斗③喜初长④。罗荐绣鸳鸯。山枕上，私语口脂香。

其二

每逢清夜与良晨。多怅望，足伤神。云迷水隔意中人。寂寞绣罗茵⑤。山枕上，几点泪痕新。

---

① 龙麝：龙涎香与麝香的并称。泛指香料。
② 荧煌：辉煌。
③ 刁斗：古代行军用具。斗形有柄，铜质；白天用作炊具，晚上击以巡更。
④ 喜初长：初更刁斗声，喜夜长也。
⑤ 绣罗茵：绣罗坐褥。

其三

曾如刘阮访仙踪[①]。深洞客，此时逢。绮筵散后绣衾同。款曲见韶容[②]。山枕上，长是怯晨钟。

其四

露桃[③]花里小楼深。持玉盏，听瑶琴[④]。醉归青琐[⑤]入鸳衾。月色照衣襟。山枕上，翠钿镇[⑥]眉心。

---

① 刘阮访仙踪：用刘晨、阮肇采药遇仙女事。
② "款曲"句：款曲，诉说衷情委曲。韶容，美丽的容貌。
③ 露桃：露井上的桃树。古乐府《鸡鸣》："桃生露井上，李树生桃旁。"泛指庭院中桃树。
④ 瑶琴：用玉装饰的琴。
⑤ 青琐：古时窗、墙雕刻连锁形，用青漆涂饰。此以"青琐"借代"室内"。
⑥ 镇：紧贴着，压着。

纱帽笼头却白衣
绿天消夏汗无挥
剗年

玉爰傲事権置今金
烹茶闲盖取以比载
师室侍茶舍有年闲

赠卢烹韵庶甕
可代官庄井孟常州
大夫盂孟考文利
盂因乃作帧文人
不意固幸诗传画
何宿玉涯自慈谈
祸

乾隆乙巳仲秋月满题

元／钱选／卢仝烹茶图

其五

　　红炉深夜醉调笙①。敲拍处，玉纤②轻。小屏古画岸低平③。烟月满闲庭。山枕上，灯背脸波横。

---

① 调笙：吹笙。
② 玉纤：纤细如玉的手指。
③ "小屏"句：小屏风上的旧画。

玉楼春

月照玉楼春漏促。飒飒风摇庭砌①竹。梦惊鸳被觉来时，何处管弦声断续。

惆怅少年游冶②去，枕上两蛾攒细绿。晓莺帘外语花枝，背帐犹残红蜡烛。

其二

柳映玉楼春日晚。雨细风轻烟草软。画堂鹦鹉语雕笼③，金粉小屏犹半掩。

香灭绣帏人寂寂，倚槛无言愁思远。恨郎何处纵疏狂④，长使含啼眉不展。

---

① 庭砌：庭前台阶。
② 游冶：出游寻乐。
③ 雕笼：雕饰精致的鸟笼。
④ 疏狂：豪放，不受约束。

其三

月皎露华窗影细。风送菊香粘绣袂。博山炉[①]冷水沉[②]微，惆怅金闺终日闭。

懒展罗衾垂玉箸[③]，羞对菱花簪宝髻。良宵好事枉教休，无计那他狂耍婿。

其四

拂水双飞来去燕。曲槛小屏山六扇。春愁凝思结眉心，绿绮[④]懒调红锦荐[⑤]。

话别情多声欲颤。玉箸痕留红粉面。镇长[⑥]独立到黄昏，却怕良宵频梦见。

①博山炉：古香炉名。因炉盖上的造型似传闻中的海中名山博山而得名。一说像华山，因秦昭王与天神博于是，故名。后作为名贵香炉的代称。
②水沉：即沉香。明李时珍《本草纲目·木一·沉香》："（沉香）木之心节置水则沉，故名沉水，亦曰水沉。"此指这种香点燃时所生的烟或香气。
③玉箸：喻泪水。
④绿绮：古琴名。晋傅玄《琴赋序》："楚庄王有鸣琴曰绕梁，司马相如有琴曰绿绮，蔡邕有琴曰焦尾，皆名器也。"
⑤锦荐：以锦缘饰的席子。亦泛指华美的垫席。荐，荐，席子。
⑥镇长：常常很久的。镇，常。六朝人和唐人诗中，多用"镇"字，表总是、经常之意。

元／倪瓒／紫芝山房图

浣溪沙

春色迷人恨正赊①。可堪荡子②不还家。细风轻露著梨花。

帘外有情双燕飏③，槛前无力绿杨斜。小屏狂梦极天涯④。

其二

红藕⑤香寒翠渚⑥平。月笼虚阁⑦夜蛩清。塞鸿惊梦两牵情。

宝帐玉炉残麝冷，罗衣金缕暗尘生。小窗孤烛泪纵横。

---

① 赊：长、远。何逊《秋夕》："寸心怀是夜，寂寂漏方赊。"韦庄《出关》："马嘶烟岸柳阴斜，东去关山路转赊。"
② 荡子：久游不归的男子。《古诗十九首》："荡子行不归，空床难独守。"
③ 飏（yáng）：轻盈地飞翔。
④ "小屏"句：小屏掩映下的女主人公，正做着浪漫的春梦，梦魂游到那遥远的天涯。
⑤ 红藕：红莲。
⑥ 翠渚：翠色的小洲。渚，水中的小块陆地，水边。
⑦ 虚阁：指空闺。

其三

荷芰^①风轻帘幕香。绣衣鸂鶒泳回塘。小屏闲掩旧潇湘^②。

恨入空帏鸾影独，泪凝双脸渚莲光。薄情年少悔思量。

其四

惆怅经年别谢娘。月窗花院好风光。此时相望最情伤。

青鸟^③不来传锦字^④，瑶姬^⑤何处锁兰房。忍教魂梦两茫茫。

---

① 芰：菱科植物，生水中，叶浮水面，夏日开花，白色，果实为菱角。

② 潇湘：此指屏风上的绘饰。宋沈括《梦溪笔谈》："度支员外郎（宋）迪工画，尤善为平远山水。其得意者有平沙落雁，远浦归帆，山市晴岚，江天暮雪，洞庭秋月，潇湘夜雨，山寺晚钟，渔村夕照，谓之潇湘八景，好事者传之。"

③ 青鸟：《汉武故事》中为西王母传信的鸟。代指信使。

④ 锦字：用苏蕙寄给丈夫的织锦回文诗典故。代指书信。

⑤ 瑶姬：神女，即巫山神女。代指所思念的女子。

其五

庭菊飘黄玉露^①浓。冷莎偎砌隐鸣蛩。何期良夜得相逢。

背帐风摇红蜡滴，惹香暖梦绣衾重。觉来枕上怯晨钟。

其六

云澹风高叶乱飞。小庭寒雨绿苔微。深闺人静掩屏帏。

粉黛暗愁金带枕^②，鸳鸯空绕画罗衣。那堪辜负不思归。

---

① 玉露：秋露。
② 金带枕：精美的枕头。《文选·洛神赋》李善注："黄初中入朝，帝示植甄后玉镂金带枕，植见之不觉泣。"

其七

雁响遥天玉漏清。小纱窗外月胧明。翠帏金鸭炷香①平。

何处不归音信断，良宵空使梦魂惊。簟凉枕冷不胜情。

其八

露白蟾明②又到秋。佳期幽会两悠悠。梦牵情役几时休。

记得昵③人微敛黛，无言斜倚小书楼。暗思前事不胜愁。

---

① 炷香：焚香。

② 蟾明：月明。

③ 昵：同"泥"，央求。明杨慎《词品》卷一："俗谓柔言索物曰泥，乃计切，谚所谓软缠也。"

元／赵雍／先贤图卷（局部）

酒泉子

杨柳舞风。轻惹春烟残雨。杏花愁，莺正语。画楼东。

锦屏寂寞思无穷。还是不知消息。镜尘生[①]，珠泪滴。损仪容。

其二

罗带缕金。兰麝烟凝魂断。画屏欹，云鬟乱。恨难任。

几回垂泪滴鸳衾[②]。薄情何处去。月临窗，花满树。信沉沉[③]。

---

① 镜尘生：指妆镜闲置而蒙尘。
② 鸳衾：绣有鸳鸯的被子。亦指夫妻共寝的被子。
③ 信沉沉：杳无音信。

其三

小槛日斜。风度绿窗人悄悄。翠帏闲掩舞双鸾。旧香寒。

别来情绪转难抎①。韶颜看却老。依稀粉上有啼痕。暗销魂。

其四

黛薄红深。约掠②绿鬟云腻。小鸳鸯，金翡翠。称人心。

锦鳞③无处传幽意。海燕兰堂春又去。隔年书，千点泪。恨难任。

---

① 抎：舍弃。
② 约掠：梳拢。
③ 锦鳞：鱼。此处指传书的鱼。

其五

掩却菱花，收拾翠钿休上面^①。金虫玉燕^②琐香奁。恨猒猒^③。

云鬟半坠懒重簪。泪侵山枕湿，银灯背帐梦方酣。雁飞南。

其六

水碧风清，入槛细香红藕腻^④。谢娘敛翠恨无涯。小屏斜。

堪憎荡子不还家。谩^⑤留罗带结，帐深枕腻炷沉烟。负当年。

---

① 休上面：不戴面妆和头饰。
② 金虫玉燕：首饰。
③ 猒猒：恹恹，精神不振。
④ 腻：滑泽。
⑤ 谩：同"漫"，空。

270

其七

黛怨红羞。掩映画堂春欲暮。残花微雨隔青楼^①。思悠悠。

芳菲时节^②看将度。寂寞无人还独语。画罗襦，香粉污。不胜愁。

---

① 青楼：豪华精致的楼房。
② 芳菲时节：春天。

山居惟愛靜　日午掩柴門　霧合人
多忌　無求道自尊　鷗鵬俱有志　蘭
艾不同根　安得蒙莊叟　相逢共細論

吳興錢選巗舉畫并題

元 / 钱选 / 山居图

杨柳枝

秋夜香闺思寂寥。漏迢迢①。鸳帏罗幌麝烟销。烛光摇。

正忆玉郎游荡去。无寻处。更闻帘外雨萧萧。滴芭蕉。

迎方怨

帘影细，簟纹平。象纱②笼玉指，缕金罗扇轻。嫩红双脸似花明。
两条眉黛远山横。

凤箫③歇，镜尘生。辽塞④音书绝，梦魂长暗惊。玉郎经岁负娉
婷⑤。教人争不恨无情。

---

① 迢迢：言漏声悠长。
② 象纱：一种薄纱。
③ 凤箫：排箫。比竹为之，参差如凤翼，故名。
④ 辽塞：泛指边塞征戍之地。
⑤ 娉婷：姿态美好貌。代指美人。

明 / 仇英 / 浔阳送别图（局部）

献衷心

绣鸳鸯帐暖，画孔雀屏欹。人悄悄，月明时。想昔年欢笑，恨今日分离。银釭背，铜漏永，阻佳期。

小炉烟细，虚阁帘垂。几多心事，暗地思惟①。被娇娥②牵役，魂梦如痴。金闺里，山枕上，始应知。

应天长

瑟瑟③罗裙金线缕。轻透鹅黄香画袴④。垂交带。盘鹦鹉⑤。袅袅翠翘移玉步。

背人匀檀注⑥。慢转横波偷觑⑦。敛黛春情⑧暗许。倚屏慵不语。

---

① 思惟：思量。
② 娇娥：美貌女子。
③ 瑟瑟：碧绿色。
④ 画袴：彩裤。
⑤ 盘鹦鹉：衣带上绣的鹦鹉花纹。
⑥ 檀注：指胭脂、唇膏一类的化妆用品。
⑦ 偷觑：偷看。
⑧ 春情：男女爱恋之情。

诉衷情

香灭帘垂春漏永，整鸳衾。罗带重。双凤。缕黄金①。窗外月光临。沉沉。断肠无处寻。负春心。

其二

永夜②抛人何处去，绝来音。香阁③掩。眉敛。月将沉。争忍不相寻。怨孤衾④。换我心、为你心。始知相忆深。

---

① "罗带"三句：指罗带上用金线绣出的双凤图案。
② 永夜：长夜。
③ 阁：一作"阁"。
④ 孤衾：喻独宿。

荷叶杯

春尽小庭花落。寂寞。凭槛敛双眉。忍教成病忆佳期^①。知摩知^②，知摩知。

其二

歌发谁家筵上。寥亮^③。别恨正悠悠。兰缸背帐月当楼。愁摩愁。愁摩愁。

---

① "忍教"句：你怎忍心使我因忆佳期而成病呢？
② 知摩知：知不知？以下"愁摩愁""狂摩狂""归摩归"等，句法相同。
③ 寥亮：清越响亮。

宋 / 林椿 / 果熟来禽图

其三

　　弱柳好花尽拆①。晴陌②。陌上少年郎。满身兰麝扑人香。狂摩狂。狂摩狂。

其四

　　记得那时相见。胆颤③。鬓乱四肢柔。泥人无语不抬头。羞摩羞。羞摩羞。

---

① 尽拆：全都开放了。拆，同"坼"，裂开。
② 晴陌：晴日郊野的道路。
③ 胆颤：因紧张激动而战栗。

其五

夜久歌声怨咽。残月。菊冷露微微^①。看看^②湿透缕金衣。归摩归。归摩归。

其六

我忆君诗最苦。知否。字字尽关心。红笺^③写寄表情深。吟摩吟。吟摩吟。

---

① 微微：蒙蒙。
② 看看：渐渐、眼看着、转瞬间。
③ 红笺：古时一种精美的小幅红纸，多作名片、请柬和题诗词用。王仁裕《开元天宝遗事·风流薮泽》："长安有平康坊，妓女所居之地，京都侠少，萃集于此。兼每年新进士以红笺名纸，游谒其中，时人谓此坊为风流薮泽。"

其七

金鸭香浓鸳被。枕腻。小髻簇花钿。腰如细柳脸如莲。怜摩怜。怜摩怜。

其八

曲砌①蝶飞烟暖。春半②。花发柳垂条。花如双脸柳如腰。娇摩娇。娇摩娇。

---

① 曲砌：曲折的台阶。
② 春半：春季已过半。或谓仲春二月。

其九

一去又乖^①期信^②。春尽。满院长莓苔^③。手捻裙带独徘徊。来摩来。
来摩来。

---

① 乖：违背。
② 期信：约定的时间。
③ 莓苔：青苔。

渔歌子

晓风清，幽沼①绿。倚栏凝望珍禽浴。画帘垂，翠屏曲。满袖荷香馥郁。

好摅怀②，堪寓目③。身闲心静平生足。酒杯深，光影促④。名利无心较逐⑤。

---

① 幽沼：深幽的池塘。
② 摅怀：抒发情怀。
③ 寓目：过目，观看。
④ 光影促：时光匆促。
⑤ 较逐：计较，追求。或曰即"角逐"，"较"通"角"。

临江仙

　　碧染长空池似镜。倚楼闲望凝情。满衣红藕细香清。象床^①珍簟，山障^②掩，玉琴^③横。

　　暗想昔时欢笑事，如今赢得愁生。博山炉暖澹烟轻。蝉吟人静，残日傍，小窗明。

其二

　　幽闺小槛春光晚，柳浓花澹莺稀。旧欢思想^④尚依依。翠鬟^⑤红敛^⑥，终日损芳菲^⑦。

　　何事狂夫音信断，不如梁燕犹归。画堂深处麝烟微。屏虚枕冷，风细雨霏霏。

---

① 象床：象牙为饰的床。
② 山障：屏风。
③ 玉琴：玉饰的琴。琴的美称。
④ 思想：思念。
⑤ 翠鬟：眉皱。
⑥ 红敛：因愁思收起脸上的笑意。
⑦ 芳菲：这里指芳颜。

明／王世昌／大幅山水

其三

月色穿帘风入竹,倚屏双黛愁时。砌花^①含露两三枝。如啼恨脸^②,魂断损容仪。

香烬暗销金鸭冷,可堪辜负前期^③。绣襦不整鬓鬟欹。几多惆怅,情绪在天涯。

---

① 砌花:植于阶畔的花朵。
② 如啼恨脸:指花朵如女子含愁流泪的脸。
③ 前期:过去的约定。

醉公子

漠漠秋云澹。红藕香侵槛。枕倚小山屏①。金铺②向晚扃③。

睡起横波④慢。独望情何限。衰柳数声蝉。魂销似去年。

其二

岸柳垂金线⑤。雨晴莺百啭。家住绿杨边。往来多少年⑥。

马嘶芳草远，高楼帘半卷。敛袖翠蛾攒⑦。相逢尔许⑧难。

---

① 山屏：绘有山景之枕屏。

② 金铺：门饰，此指门。

③ 扃：从外关闭门户的门闩。此指关门。

④ 横波：比喻女子眼神流动，如水横流。

⑤ 金线：喻初生柳条。

⑥ "往来"句：来往的多为年轻公子。

⑦ 翠蛾攒：皱眉。

⑧ 尔许：如许，这样。

明 / 钱穀 / 兰亭修禊图卷

更漏子

旧欢娱，新怅望。拥鼻^①含颦^②楼上。浓柳翠，晚霞微。江鸥接翼飞。

帘半卷。屏斜掩。远岫^③参差^④迷眼。歌满耳，酒盈樽。前非不要论。

---

① 拥鼻：掩鼻。
② 含颦：含颦。指西子捧心的故事。
③ 远岫：远处的峰峦。
④ 参差：指远山高低错落。

宋 / 刘松年 / 秋窗读易图

宋 / 佚名 / 牡丹图

孙光宪

六十一首

孙光宪（？—968），字孟文，号葆光子，陵州贵平（今四川仁寿）人。家世业农。少好学，广交蜀中文士。博通经史，聚书数千卷，手自抄校，老而不废。一生著述颇丰。曾为陵州判官。后累官荆南节度副使、检校秘书少监兼御史大夫。入宋后，授黄州刺史。968年宰相荐为学士，未召，卒。

浣溪沙

蓼^①岸风多橘柚香。江边一望楚天长。片帆烟际闪孤光。

目送征鸿飞杳杳，思随流水去茫茫。兰红^②波碧忆潇湘。

其二

桃杏风香帘幕闲。谢家门户^③约花关^④。画梁幽语燕初还。

绣阁数行题了壁，晓屏一枕酒醒山^⑤。却疑身是梦魂间。

---

① 蓼：植物名。为一年生或多年生草本。有水蓼、红蓼、刺蓼等。味辛，又名辛菜，可作调味用。《诗·周颂·良耜》："以薅茶蓼。"毛传："蓼，水草也。"
② 兰红：即红兰，兰草的一种。江淹《别赋》："见红兰之受露，望青楸之罹霜。"
③ 谢家门户：东晋王谢家族的宅院，代指贵族之家宅。或指谢娘家。
④ 约花关：指门户沿着花边，绕院繁花深闭门。
⑤ 山：山枕。

其三

花渐凋疏不耐风^①。画帘垂地晚堂空。堕阶苍藓舞愁红^②。

腻粉半粘金靥子^③，残香犹暖绣薰笼。蕙心^④无处与人同。

其四

揽镜无言泪欲流。凝情半日懒梳头。一庭疏雨湿春愁。

杨柳祇知伤怨别，杏花应信损娇羞。泪沾魂断轸^⑤离忧。

---

① 不耐风：不堪经受风吹。
② "堕阶"句：落花片片，似含愁飘舞，落于阶前的苔藓之上。愁红，经风雨摧残的花。
③ 金靥子：唐五代妇女在颊上点染的一种金黄色妆饰。
④ 蕙心：喻女子内心纯美。
⑤ 轸（zhěn）：伤痛。

其五

半踏①长裾宛约②行。晚帘疏处见分明。此时堪恨昧平生③。

早是销魂残烛影，更愁闻着品弦声。杳无消息若为情④。

其六

兰沐⑤初休⑥曲槛前。暖风迟日洗头天。湿云⑦新敛⑧未梳蝉⑨。

翠袂半将遮粉臆⑩，宝钗长欲坠香肩。此时模样不禁怜。

---

① 半踏：小步，半步。
② 宛约：形容步态柔美。
③ 昧平生：一向不相识。昧，不了解。
④ 若为情：何以为情，或难以为情。
⑤ 兰沐：用兰汤洗发。
⑥ 初休：刚洗完。
⑦ 湿云：湿发。
⑧ 新敛：刚挽起来。
⑨ 梳蝉：梳发。蝉，蝉鬓。古时妇女一种发型，挽发如蝉翼。
⑩ 粉臆：雪胸。

清 / 徐扬 / 花石珍禽轴

其七

风递残香出绣帘。团窠①金凤舞襜襜②。落花微雨恨相兼。

何处去来狂太甚，空推③宿酒④睡无厌⑤。争教人不别猜嫌⑥。

其八

轻打⑦银筝⑧坠燕泥⑨。断丝⑩高罥⑪画楼西。花冠⑫闲上午墙⑬啼。

粉箨半开新竹径⑭，红苞尽落旧桃蹊⑮。不堪终日闭深闺。

---

① 团窠（kē）：团窠锦，锦缎的一种。《宋史·舆服志五》："景佑元年，诏禁锦背、绣背、遍地密花透背采段，其稀花团窠、斜窠、杂花不相连者非。"

② 襜（chān）襜：摇动貌。

③ 空推：用假言相推脱。

④ 宿酒：宿醉。

⑤ 睡无厌：贪睡不止。厌，古同"餍"。

⑥ 别猜嫌：往别处猜疑。

⑦ 打：敲击，弹拨。

⑧ 银筝：古代乐器，如琴瑟状，弦乐。

⑨ 坠燕泥：弹筝之声动听，震坠燕泥。刘向《别录》："鲁人虞公，发声清越，歌动梁尘。"

⑩ 断丝：游丝，蛛丝之类。

⑪ 罥（juān）：挂。杜甫《茅屋为秋风所破歌》："高者挂罥长林梢，下者飘转沉塘坳。"

⑫ 花冠：公鸡，以冠借代为鸡。温庭筠《晓别》诗："翠羽花冠碧树鸡，未明先上短墙啼。"

⑬ 午墙：中墙、正面的墙。

⑭ "粉箨（tuò）"句：在新竹丛的小道上，笋子一只只皮壳裂开。箨，竹笋外衣。

⑮ 桃蹊：桃树下的路。《史记·李将军传赞》："谚曰：桃李不言，下自成蹊。"司马贞索隐："按姚氏云：桃李本不能言，但以华实感物，故人不期而往，其下自成蹊径也。"

其九

乌帽^①斜欹倒佩鱼^②。静街偷步访仙居。隔墙应认打门初。

将见客时微掩敛，得人怜处且生疏。低头羞问壁边书。

---

① 乌帽：黑帽。古代贵者常服。隋唐后多为庶民、隐者之帽。

② 佩鱼：唐朝五品以上官员所佩带的鱼袋。其制：三品以上饰以金，五品以上饰以银。始于唐高宗永徽二年。

河传

太平天子^①。等闲游戏。疏河千里^②。柳如丝，偎倚渌波春水。长淮^③风不起。

如花殿脚^④三千女。争云雨^⑤。何处留人住。锦帆风。烟际红。烧空。魂迷大业^⑥中。

其二

柳拖金缕。着烟笼雾。濛濛落絮。凤凰舟上楚女。妙舞。雷喧^⑦波上鼓。

龙争虎战^⑧分中土^⑨。人无主。桃叶江南渡。襞^⑩花笺。艳思牵。成篇。宫娥相与传。

---

① 太平天子：指隋炀帝。
② 疏河千里：《开河记》载，大业十二年开邗沟成，长二千余里。炀帝乘龙舟，幸江都。舳舻相继，自大梁至淮口，连绵不绝，锦帆过处，香闻十里。
③ 长淮：淮河。
④ 殿脚：炀帝乘龙舟游江都，强征吴越民女十五六岁者五百人，为之牵挽，曰"殿脚女"。这里说"三千"，意思是加上六宫罗绮，约三千许。李白《清平乐》："女伴莫话孤眠，六宫罗绮三千。"
⑤ 争云雨：争宠。
⑥ 大业：隋炀帝的年号。
⑦ 雷喧：雷鸣。
⑧ 龙争虎战：指群雄争斗。
⑨ 中土：泛指中原。
⑩ 襞（bì）花笺：折叠彩笺。

明／唐寅／画班姬团扇轴

其三

花落。烟薄。谢家①池阁。寂寞春深。翠娥②轻敛意沉吟。沾襟。无人知此心。

玉炉香断霜灰③冷。帘铺影④。梁燕归红杏。晚来天。空悄然。孤眠。枕檀⑤云髻偏。

其四

风飐⑥。波敛。团荷闪闪。珠倾露点。木兰舟上，何处吴娃越艳。藕花红照脸。

大堤⑦狂杀襄阳客。烟波隔。渺渺湖光白。身已归。心不归。斜晖。远汀鸂鶒飞。

①谢家：泛指美妇人家。
②娥：一作"蛾"。
③霜灰：香料燃完，灰白如霜。
④铺影：布影，洒影。
⑤枕檀：以檀为枕，质贵重，有香气。
⑥飐：风吹浪动。
⑦大堤：曲名。原指襄阳沿江大堤。宋齐梁时，常以大堤为题作曲，故称《大堤曲》。

菩萨蛮

月华如水笼香砌。金镮①碎撼②门初闭。寒影堕高檐。钩垂一面帘。

碧烟轻袅袅。红颤灯花笑③。即此是高唐。掩屏秋梦长。

其一

花冠④频鼓墙头翼。东方澹白连窗色。门外早莺声。背楼残月明。

薄寒⑤笼醉态。依旧铅华⑥在。握手送人归。半拖金缕衣。

---

① 金镮：门或屏风上的金属环钮。

② 碎撼：轻摇。

③ 灯花笑：灯花爆。拟人。俗以灯花为吉兆。

④ 花冠：公鸡。

⑤ 薄寒：微寒。

⑥ 铅华：指脂粉之类。

其三

小庭花落无人扫。疏香①满地东风老②。春晚信沉沉。天涯何处寻。

晓堂屏六扇。眉共湘山③远。争奈别离心。近来尤不禁④。

其四

青岩碧洞经朝雨。隔花相唤南溪⑤去。一只木兰船。波平远浸天。

扣舷⑥惊翡翠。嫩玉抬香臂。红日欲沉西。烟中遥解觹⑦。

---

① 疏香：残花。

② 东风老：暮春之时。

③ 湘山：即君山，在洞庭湖中，传说湘君之所游处，上有湘妃庙。这里，指屏风上所绘湘山远景色，黛色弥漫，如眉色之秀丽，故言眉色同山色一样。

④ 不禁：受不住。

⑤ 南溪：四川成都西郊的浣花溪。泛指溪流。

⑥ 扣舷：扣，敲打。渔人唱歌时或打鱼时常扣船舷。

⑦ 解觹（xī）：解下佩角以赠。觹：古时用骨头制的解绳结的锥子。《诗经·卫风·芄兰》："芄兰之支，童子佩觹。"朱熹注："觹，锥也，以象骨为之，所以解结，成人之佩，非童子之饰也。"

醉面著
颗玉
春衫展
翠罗

明／陈淳／牡丹

其五

木绵①花映丛祠小。越禽②声里春光晓。铜鼓③与蛮歌④。南人祈赛多。

客帆风正急。茜袖⑤偎樯立。极浦几回头。烟波无限愁。

---

① 木绵：木棉。热带落叶乔木，初春时开花，大而红。结实长椭圆形，中有白棉，可絮茵褥。

② 越禽：南方的鸟。孔雀别名。

③ 铜鼓：古代西南少数民族所使用的乐器，形如坐墩而空其下。满鼓皆细花纹，极工致。四角有小蟾蜍。以手拊之，声似鞞鼓。

④ 蛮歌：南方少数民族之歌。

⑤ 茜袖：红袖，代指女子。

河渎神

汾水①碧依依。黄云落叶初飞。翠华②一去不言归。庙门空掩斜晖。

四壁阴森排古画。依旧琼轮羽驾③。小殿沉沉清夜。银灯飘落香炮④。

其二

江上草芊芊⑤。春晚湘妃庙⑥前。一方卵色⑦楚南天。数行征雁联翩。

独倚朱栏情不极。魂断终朝相忆。两桨不知消息。远汀时起鸂鶒。

---

① 汾水：在山西中部，黄河第二大支流。
② 翠华：天子仪仗中以翠羽为饰的旗帜或车盖。为御车或帝王的代称。
③ 琼轮羽驾：用玉做的车轮，用翠羽装饰的车盖，指古画上的神仙所乘车舆。
④ 炮（xiè）：灯烛烧后的余灰。
⑤ 芊芊：形容草木茂盛。
⑥ 湘妃庙：湘山祠，供奉湘水神的庙宇。在洞庭湖君山上。
⑦ 卵色：蛋青色。古多用以形容天的颜色。

虞美人

红窗寂寂无人语。暗澹梨花雨。绣罗纹地粉新描①。博山香炷旋抽条②。暗魂销。

天涯一去无消息。终日长相忆。教人相忆几时休。不堪怅触③别离愁。泪还流。

其二

好风微揭帘旌④起。金翼鸾⑤相倚。翠檐愁听乳禽声。此时春态暗关情。独难平。

画堂流水空相翳⑥。一穗香遥⑦曳。交⑧人无处寄相思。落花芳草过前期。没人知。

---

① "绣罗"句：绣罗帐上有新描的图案。
② "博山"句：博山香炉内正燃着香炷，缕缕细烟在室内旋转。旋抽条，喷烟的状态。
③ 怅触：感触。
④ 帘旌：帘幕。
⑤ 金翼鸾：鸾翼以金色绘成，指帘上花纹。
⑥ 翳：遮蔽。
⑦ 遥：一作"摇"。
⑧ 交：一作"教"。

明／吕纪／桂菊山禽图轴

后庭花

景阳钟动宫莺哢。露凉金殿。轻飙①吹起琼花②旋。玉叶如剪。

晚来高阁上，珠帘卷。见坠香千片。修蛾慢脸③陪雕辇。后庭新宴④。

其二

石城⑤依旧空江国。故宫⑥春色。七尺⑦青丝芳草碧。绝世难得。

玉英凋落尽，更何人识。野棠如织。只是教人添怨忆。怅望无极。

---

① 轻飙：微风。

② 琼花：花名。

③ 修蛾慢脸：长眉娇脸。

④ 后庭新宴：陈后主后宫纵乐，新开宴席。《南史·陈本纪下》："陈后主愈骄，不虞外难，荒于酒色，不恤政事。左右嬖佞珥貂者五十人，妇人美貌丽服巧态以从者千余人。常使张贵妃、孔贵人等八人夹坐，江总、孔范等十人预宴，号曰'狎客'。先令八妇人襞采笺，制五言诗，十客一时继和，迟则罚酒。君臣酣饮，从夕达旦，以此为常。"

⑤ 石城：古城名。又名石首城。故址在今江苏省南京市清凉山。本楚金陵城，汉建安十七年孙权重筑改名。城负山面江，南临秦淮河口，当交通要冲，六朝时为建康军事重镇。唐以后，城废。

⑥ 故宫：前朝的宫殿。

⑦ 七尺：《南史·后妃列传下》载：张贵妃（丽华）发长七尺，鬓黑如漆，其光可鉴；特聪慧，有神采，进止闲华，容色端丽，每瞻视眄睐，光彩溢目，照映左右；尝于阁上靓妆，临于轩槛，宫中遥望，飘若神仙。

生查子

寂寞掩朱门，正是天将暮。暗澹小庭中，滴滴梧桐雨。

绣工夫，牵心绪。配尽鸳鸯缕 ①。待得没人时，偎倚论私语 ②。

其二

暖日策花骢 ③，觯鞚 ④ 垂杨陌。芳草惹烟青，落絮随风白。

谁家绣毂 ⑤ 动香尘，隐映神仙客 ⑥。狂杀玉鞭郎，咫尺音容隔。

---

① 鸳鸯缕：绣鸳鸯的彩线。

② 私语：低声说话。

③ 策花骢：骑马游春。花骢，五花马。

④ 觯鞚（duǒ kòng）：松开马勒。

⑤ 绣毂：华丽的车子。

⑥ 神仙客：车中美女。

其三

金井堕高梧，玉殿笼斜月。永巷^①寂无人，敛态愁堪绝。

玉炉寒，香烬灭。还似君恩歇。翠辇^②不归来，幽恨将谁说。

---

① 永巷：宫中长巷，幽闭宫女之有过错者。
② 翠辇：帝王所乘车舆。

临江仙

霜拍井梧干叶堕，翠帷雕槛初寒。薄铅残黛①称花冠②。含情无语，延伫③倚栏干。

杳杳征轮④何处去，离愁别恨千般。不堪心绪正多端。镜奁长掩，无意对孤鸾⑤。

其二

暮雨凄凄深院闭，灯前凝坐初更⑥。玉钗低压鬓云横。半垂罗幕，相映烛光明。

终是有心投汉佩⑦，低头但理秦筝。燕双鸾偶不胜情。只愁明发⑧，将逐楚云行。

---

① 薄铅残黛：淡妆。
② 称花冠：人面与花冠相称。
③ 延伫：久立。
④ 征轮：借代乘车远征之人。
⑤ 孤鸾：镜中孤影。
⑥ 初更：古时将一夜分为五更，每更约二小时，初更相当于晚八、九点钟。
⑦ 汉佩：用郑交甫遇汉皋神女典。
⑧ 明发：天明。《诗经·小雅·小宛》："明发不寐，有怀二人。"朱熹注："明发，谓将旦而光明开发也。"

清 / 费丹旭 / 仕女

酒泉子

空碛①无边，万里阳关②道路。马萧萧，人去去③。陇云愁。

香貂旧制戎衣窄④。胡霜千里白。绮罗心⑤，魂梦隔。上高楼。

其一

曲槛小楼，正是莺花二月。思无憀，愁欲绝。郁离襟⑥。

展屏空对潇湘水。眼前千万里。泪掩红⑦，眉敛翠。恨沉沉。

---

① 空碛：空旷的沙漠。
② 阳关：古关名，在今甘肃省敦煌西南古董滩附近，因在玉门关之南，故称。
③ 去去：远去。
④ "香貂"句：征人所穿的旧日所制貂冠和军服已不合身，因天寒必穿多，故外衣嫌窄。
⑤ 绮罗心：妇人怀夫之心。
⑥ 郁离襟：离愁郁结在胸中。襟：借代为胸怀。
⑦ 泪掩红：泪水掩住了脸上的胭脂，言泪水之多。

其三

敛态窗前，袅袅雀钗抛颈^①。燕成双，鸾成影。耦新知^②。

玉纤澹拂眉山小^③。镜中嗔共照。翠连娟^④，红缥缈^⑤。早妆时。

---

① "袅袅"句：雀钗袅袅垂于颈边，这是指宿妆，尚未重新妆饰。
② 耦新知：两人新知。耦，通"偶"。
③ "玉纤"句：用玉指淡拂小山眉。
④ 翠连娟：眉细长而弯。翠：翠眉。
⑤ 红缥缈：脸着胭脂而红光隐约可见。

明／唐寅／王蜀宫妓图

清平乐

愁肠欲断。正是青春^①半。连理^②分枝鸾失伴。又是一场离散。

掩镜无语眉低。思随芳草萋萋。凭仗东风吹梦，与郎终日东西。

其二

等闲无语。春恨如何去。终是疏狂^③留不住。花暗柳浓^④何处。

尽日目断^⑤魂飞。晚窗斜界^⑥残晖。长恨朱门薄暮，绣鞍骢马空归。

---

① 青春：春天。春季草木茂盛，其色青绿，故称。
② 连理：连理枝，喻夫妻相爱。
③ 疏狂：放荡任性。
④ 花暗柳浓：游冶的地方。意思是不知在何处寻花问柳。
⑤ 目断：望断。
⑥ 斜界：斜射。

更漏子

听寒更，闻远雁。半夜萧娘①深院。扃绣户，下珠帘。满庭喷玉蟾。

人语静。香闺冷。红幕半垂清影。云雨态，蕙兰心。此情江海深。

其一

今夜期，来日别。相对祇堪愁绝。偎粉面，撚瑶簪。无言泪满襟。

银箭落②。霜华薄。墙外晓鸡咿喔③。听付嘱，恶情悰④。断肠西复东。

---

① 萧娘：女子的泛称。
② 银箭落：刻漏上的标箭已降下，黑夜将尽。
③ 咿喔：鸡啼声。
④ 情悰：情怀，情绪。

女冠子

蕙风芝露。坛际①残香轻度。蕊珠宫②。苔点分圆碧，桃花践破红。

品流③巫峡外，名籍④紫微⑤中。真侣⑥墉城⑦会，梦魂通。

其二

澹花瘦玉。依约神仙妆束⑧。佩琼文⑨。瑞露通宵贮，幽香尽日焚⑩。

碧烟笼绛节⑪，黄藕冠浓云⑫。勿以吹箫伴⑬，不同群。

---

① 坛际：拜天祭神之坛边。
② 蕊珠宫：神仙所居之处。
③ 品流：等级辈分。
④ 名籍：名册。
⑤ 紫微：紫微垣。星官名，三垣之一。一说天子之常居。
⑥ 真侣：道士。
⑦ 墉城：传说中西王母的居处。
⑧ "澹花"二句：女冠的仪态精神。依约，仿佛。
⑨ 琼文：道教经籍。刻于玉板，故称。此指女冠所佩玉符。
⑩ "瑞露"二句：道家贮露、焚香，皆修炼事。
⑪ 绛节：红色符节。此指道士作法所用。
⑫ "黄藕"句：黄藕色的帽子戴在头发上。黄藕：道士帽子之色。浓云：喻头发。
⑬ 吹箫伴：指萧史、弄玉事。

明／吕纪／崖下花鸟图

风流子

茅舍槿①篱溪曲。鸡犬自南自北。菰②叶长，水葓③开，门外春波涨渌。听织。声促。轧轧鸣梭④穿屋。

其二

楼倚长衢⑤欲暮。瞥见神仙伴侣。微傅粉⑥，拢梳头，隐映画帘开处。无语。无绪。慢曳罗裙归去。

---

① 槿(jǐn)：落叶灌木，高五六尺，花有白、红、紫色，叶缘锯齿形，农家多种以为篱笆。
② 菰(gū)：多生南方水泽中，多年生草本植物，嫩茎即茭白，可作蔬菜；至秋结实，称为菰米，可以煮食。
③ 水葓(hóng)：又名荭草，一年生草本植物，茎有毛，花白色或粉红色。
④ 鸣梭：梭子响，即织布声。
⑤ 长衢(qú)：大道。
⑥ 傅粉：搽粉。

其三

　　金络玉衔①嘶马。系向绿杨阴下。朱户掩，绣帘垂，曲院水流花谢。欢罢，归也。犹在九衢②深夜。

---

① 金络玉衔：配有金络头玉嚼子的马。

② 九衢：纵横交叉的大道。繁华的街市。

定西番

鸡禄山①前游骑，边草白，朔天明。马蹄轻。

鹊面弓离短韔②，弯来月欲成。一只鸣髇③云外，晓鸿惊。

其二

帝子④枕前秋夜，霜幄⑤冷，月华明。正三更。

何处戍楼寒笛，梦残闻一声。遥想汉关万里，泪纵横。

---

① 鸡禄山：山名，在今内蒙古自治区杭锦后旗西北部。东汉时，窦宪出鸡鹿塞，与北匈奴战于稽落山（即鸡禄山），得胜后，登燕然山刻石记功而凯旋。

② 韔（chàng）：装弓的袋子。《诗经·秦风·小戎》："虎韔镂膺，交韔二弓。"毛传："交二弓于韔中也。"

③ 鸣髇（xiāo）：响箭。

④ 帝子：疑指乌孙公主。汉元封中，乌孙王昆莫遣使求婚，武帝饰江都王建之女细君为公主而嫁之，世称乌孙公主。昆莫年老，言语不通，公主悲郁，歌曰："吾家嫁我兮天一方，远托异国兮乌孙王。穹庐为室兮毡为墙，以肉为食兮酪为浆，常思汉土兮心内伤，愿为黄鹄兮还故乡。"

⑤ 幄（wò）：帐幕。

富春圖
辛未於長女史惲冰寫

清／惲冰／富春圖

河满子

冠剑①不随君去,江河还共恩深。歌袖半遮眉黛惨,泪珠旋②滴衣襟。惆怅云愁雨怨,断魂何处相寻。

玉胡蝶

春欲尽,景仍长③。满园花正黄。粉翅两悠飏。翩翩过短墙。鲜飙④暖,牵游伴,飞去立残芳。无语对萧娘。舞衫沉麝香。

---

① 冠剑:古代官员戴冠佩剑,因以指官职或官吏。
② 旋:随即。意思是先心悲而随即流泪。
③ 景仍长:景色仍然美好。
④ 鲜飙:清新的风。

八拍蛮

孔雀尾拖金线长。怕人飞起入丁香。越女沙头争拾翠①，相呼归去背斜阳。

---

① 拾翠：拾取翠鸟的羽毛作妆饰品，后多指妇女游春。

明 / 陈淳 / 紫薇扇面

竹枝

门前春水（竹枝）白蘋花（女儿）^①。岸上无人（竹枝）小艇斜（女儿）。

商女^②经过（竹枝）江欲暮（女儿），散抛残食（竹枝）饲神鸦^③（女儿）。

其二

乱绳千结（竹枝）绊人深（女儿）^④，越罗万丈（竹枝）表长寻（女儿）^⑤。

杨柳在身（竹枝）垂意绪（女儿），藕花落尽（竹枝）见莲心^⑥（女儿）。

---

① 竹枝、女儿：都是唱歌时的和声，女伴甚多，一人唱"门前春水"，众和"竹枝"，又唱"白蘋花"，众和"女儿"。与皇甫松《采莲子》中的"举棹""年少"的作用相同。

② 商女：歌女。

③ 饲神鸦：《岳阳风土记》载：巴陵鸦甚多，土人谓之神鸦，无敢弋者。穿堂入庖厨略不畏，园林果实未熟，耗啄已半。

④ "乱绳"句：喻情网陷人之深。绊：纠缠。

⑤ "越罗"句：越罗虽长万丈，制成衣物不过八尺。喻女子无限深情，表现出来还是有限的，含而难露之意。表：外衣。长寻，八尺。古制八尺为寻。

⑥ 莲心：莲子，双关，指女子的芳心。莲，即"怜"。

思帝乡

　　如何。遣情①情更多。永日②水堂帘下，敛羞蛾。六幅罗裙窣地，微行曳碧波。看尽满池疏雨，打团荷。

---

① 遣情：排遣情思。
② 永日：整日。

明／陈洪绶／作画图

上行杯

草草①离亭鞍马，从远道、此地分衿②。燕宋秦吴③千万里。无辞一醉。野棠开，江草湿。伫立。沾泣。征骑骎骎④。

其二

离棹⑤逡巡⑥欲动，临极浦、故人相送。去住⑦心情知不共。金船⑧满捧。绮罗愁，丝管咽。迥别。帆影灭。江浪如雪。

---

① 草草：匆忙仓促貌。
② 分衿：分别。
③ 燕宋秦吴：春秋时国名，这里表示北东西南各方。燕，主要部分在今河北北部；宋，主要部分在今河南东部；秦，主要在今陕西一带；吴，主要在今江苏南部。江淹《别赋》："况秦吴兮绝国，复燕宋兮千里。"
④ 骎骎（qīn）：马疾行貌。《诗经·小雅·四牡》："驾彼四骆，载骤骎骎。"
⑤ 离棹：将离别的船。
⑥ 逡巡：徘徊不前。
⑦ 去住：走的人和留的人。
⑧ 金船：一种金质盛酒器。

谒金门

留不得。留得也应无益。白纻①春衫如雪色。扬州初去日。

轻别离，甘抛掷。江上满帆风疾。却羡彩鸳三十六②，孤鸾还一只。

---

① 白纻（zhù）：白细麻布。

② 彩鸳三十六：锦被上所绣的鸳鸯图案，不实指池中鸳鸯、三十六对。

思越人

古台^①平，芳草远，馆娃宫^②外春深。翠黛^③空留千载^④恨，教人何处相寻。

绮罗无复当时事。露花点滴香泪。惆怅遥天横渌水。鸳鸯对对飞起。

其二

渚莲^⑤枯，宫树老，长洲废苑^⑥萧条。想象玉人^⑦空处所，月明独上溪桥。

经春初败秋风起。红兰绿蕙愁死。一片风流伤心地。魂销目断西子。

---

① 古台：姑苏台。
② 馆娃宫：春秋吴王夫差为西施而建。
③ 翠黛：翠眉，借代为美女，此处特指西施。
④ 千载：春秋末至五代已千余年，故云。
⑤ 渚莲：水边荷花。
⑥ 长洲废苑：吴王阖闾游猎之长洲苑，在姑苏南、太湖北。
⑦ 玉人：指西施。

明　文伯仁　圆峤书屋图

杨柳枝

阊门^①风暖落花干。飞遍江城^②雪不寒^③。独有晚来临水驿，闲人多凭赤栏干。

其二

有池有榭即濛濛^④。浸润翻成长养功^⑤。恰似有人长点检，着行^⑥排立向春风。

---

① 阊门：苏州西北的城门。贺铸《鹧鸪天》："重过阊门万事非，同来何事不同归。"
② 江城：姑苏城。
③ 雪不寒：花絮如雪，然而不寒，指杨花柳絮。
④ "有池"句：有池有榭的地方，常有柳絮纷飞。
⑤ "浸润"句：池水浸润柳树，反成就长期养育柳树的功德。
⑥ 着行：排成行列。

其三

根柢^①虽然傍浊河。无妨终日近笙歌。骖骖^②金带谁堪比，还共黄莺不校多^③。

其四

万株枯槁怨亡隋^④。似吊吴台^⑤各自垂。好是淮阴明月里，酒楼横笛不胜吹^⑥。

---

① 根柢：草木的根。

② 骖骖（cān）：应作"毵毵"（sān），垂拂纷披貌。

③ 不校多：差不多。柳丝与黄莺相共，两者均不逊色。梁柳恽《牡丹》："近来无奈牡丹何，数十千钱买一颗。今朝始得分明见，也共戎葵不校多。"皮日休《汴河怀古》："若无水殿龙舟事，共禹论功不较多。"校，通"较"。

④ 怨亡隋：隋大业元年，发民十万，开邗渠，入江，筑河堤，植杨柳，长一千三百里。因隋亡而柳也随之枯槁。

⑤ 吴台：春秋时吴王所筑台阁。又解：吴公台，今江苏扬州市北，南朝宋沈庆之攻竟陵王诞时所筑弩台。吴台上多柳树。

⑥ "酒楼"句：酒楼中，横笛吹不尽《杨柳枝》，在古乐府《折杨柳》《折柳枝》的基础上改编的，又称"新翻《杨柳枝》"。

望梅花

数枝开与短墙平。见雪萼、红跗^①相映。引起谁人边塞情。

帘外欲三更。吹断离愁月正明。空听隔江声^②。

---

① 雪萼、红跗：白色、红色的花萼。跗，通"柎"，花足。
② "吹断"二句：明月离愁萦绕，闻隔江吹奏的曲声。汉横吹曲有《梅花落》等。

明 / 董其昌 / 仿古山水图册

渔歌子

　　草芊芊①，波漾漾②。湖边草色连波涨。沿蓼岸，泊枫汀③，天际玉轮④初上。

　　扣舷歌，联极望。桨声伊轧⑤知何向。黄鹄⑥叫，白鸥眠。谁似侬家⑦疏旷⑧。

其二

　　泛流萤，明又灭。夜凉水冷东湾阔。风浩浩，笛寥寥，万顷金波⑨澄澈。

　　杜若⑩洲，香郁烈。一声宿雁霜时节。经霅水⑪，过松江，尽属侬家日月。

---

① 芊芊：草木茂盛貌。
② 漾漾：荡漾闪烁貌。
③ 枫汀：长有枫树的汀洲。
④ 玉轮：明月。
⑤ 伊轧：象声词，摇桨声，同"咿呀"。
⑥ 黄鹄：天鹅，游禽类，体长三尺多，形似鹅，颈长，上嘴有黄色之瘤，多为白色，栖于水滨。
⑦ 侬家：我，自称。
⑧ 疏旷：自由自在，旷达放纵。
⑨ 金波：月光。
⑩ 杜若：香草名。屈原《九歌·湘君》："采芳洲兮杜若，将以遗兮下女。"
⑪ 霅（zhà）水：即霅溪，水名，在今浙江省吴兴县一带，东北流入太湖。

明 / 陈洪绶 / 南生鲁四乐图

明 / 蓝瑛 / 秋山图

魏承班

十五首

魏承班（？—925），许州人。王宗弼子（宗弼本姓魏，前蜀王建收为养子，赐名王宗弼）。工文词。仕前蜀为驸马都尉，官至太尉。国亡，与其父同时被杀。

菩萨蛮

罗裾薄薄秋波染①。眉间画时山两点②。相见绮筵时。深情暗共知。

翠翘云鬓动。敛态弹金凤③。宴罢入兰房。邀人解佩珰。

其二

罗衣隐约金泥④画。玳筵⑤一曲当秋夜。声泛觑人娇。云鬟袅翠翘。

酒醺红玉⑥软。眉翠秋山远。绣幌麝烟沉。谁人知两心。

---

① 秋波染：裙裾色如秋波澄碧。
② 山两点：指眉画得如远山两点，眉色美丽。
③ 金凤：琵琶、琴、筝之属。因弦柱上端刻凤为饰，故称。
④ 金泥：泥金。
⑤ 玳筵：玳瑁筵。
⑥ 红玉：指女子脸色。《西京杂记》："赵后（飞燕）体轻腰弱，善行步进退，女弟昭仪不能及也；但昭仪弱骨丰肌，尤工笑语，二人并色如红玉。"

满宫花

雪霏霏①，风凛凛。玉郎何处狂饮。醉时想得纵风流，罗帐香帏鸳寝。

春朝秋夜思君甚。愁见绣屏孤枕。少年何事负初心，泪滴缕金双衽②。

木兰花

小芙蓉，香旖旎③。碧玉堂深清似水。闭宝匣④，掩金铺⑤，倚屏拖袖愁如醉。

迟迟好景烟花⑥媚。曲渚鸳鸯眠锦翅。凝然愁望静相思，一双笑靥颦香蕊。

---

① 霏霏：雨雪盛貌。
② 缕金双衽（rèn）：金线绣的双袖或衣襟。
③ 旖旎（yǐ nǐ）：多盛美好貌。
④ 宝匣：梳妆盒。
⑤ 金铺：金饰铺首。门户美称。
⑥ 烟花：雾霭中的花朵。泛指绮丽的春景。

玉楼春

寂寂画堂梁上燕。高卷翠帘横数扇①。一庭春色恼人来，满地落花红儿片。

愁倚锦屏低雪面②。泪滴绣罗金缕线。好天凉月尽伤心，为是③玉郎长不见。

其二

轻敛翠蛾呈皓齿。莺啭一枝花影里。声声清迥遏行云④，寂寂画梁尘暗起⑤。

玉斝⑥满斟情未已。促坐王孙公子醉。春风筵上贯珠匀⑦，艳色韶颜娇旖旎。

---

① "高卷"句：翠帘高卷，横列屏风数扇。
② 雪面：面目白皙。
③ 为是：因是。
④ "莺啭"三句：花影里传来的歌声，清脆悠远，遏云绕梁。《列子·汤问》载，秦青善歌，送薛谭之时，饯于郊衢，抚节悲歌，声振林木，响遏行云。
⑤ 尘暗起：刘向《别录》载，鲁人虞公发声清越，歌动梁尘。
⑥ 玉斝（jiǎ）：玉制酒器。
⑦ 贯珠匀：形容歌声如串珠那般圆润连续。

明／崔子忠／云中玉女图

诉衷情

高歌宴罢月初盈[①]。诗情引恨情。烟露冷，水流轻。思想梦难成。

罗帐袅香平。恨频生。思君无计睡还醒。隔层城[②]。

其二

春深花簇[③]小楼台。风飘锦绣开。新睡觉[④]，步香阶。山枕印红腮。

鬓乱坠金钗。语檀偎[⑤]。临行执手重重嘱。几千回。

其三

银汉[⑥]云晴玉漏长。蛩声[⑦]悄画堂。筠簟[⑧]冷，碧窗凉。红蜡泪飘香。

皓月泻寒光[⑨]。割人肠。那堪独自步池塘。对鸳鸯。

---

① 月初盈：月初圆。
② 层城：城楼重重。
③ 花簇：鲜花丛聚。
④ 新睡觉：刚睡醒。
⑤ 语檀偎：与郎相偎私语。
⑥ 银汉：天河，银河。
⑦ 蛩声：蟋蟀叫声。
⑧ 筠簟：竹席。筠（yún），竹子的青皮。
⑨ 泻寒光：洒下清冷的光。

其四

金风①轻透碧窗纱。银釭②焰影斜。欹枕卧，恨何赊③。山掩小屏霞④。

云雨别吴娃。想容华。梦成几度绕天涯。到君家。

其五

春情满眼脸红销⑤。娇姹⑥索人饶⑦。星靥⑧小，玉珰⑨摇。几共⑩醉春朝。

别后忆纤腰。梦魂劳。如今风叶又萧萧。恨迢迢。

---

① 金风：秋风。
② 银釭：银灯。
③ 赊：长远无尽。
④ "山掩"句：小屏风上的霞光与山色相掩映。
⑤ 脸红销：应作"脸红绡"，形容面色红润细腻。
⑥ 娇姹：娇嗔貌。
⑦ 索人饶：欲得到人的怜爱。饶：怜爱。唐宋诗人惯用"饶"字。
⑧ 星靥：酒窝上的妆饰。
⑨ 玉珰：玉制的耳饰。
⑩ 几共：屡次相共。

生查子

烟雨晚晴天，零落花无语。难话此时心，梁燕双来去。

琴韵①对薰风②，有恨和情抚③。肠断断弦频④，泪滴黄金缕⑤。

其二

寂寞画堂空，深夜垂罗幕。灯暗锦屏敧，月冷珠帘薄。

愁恨梦难成，何处贪欢乐。看看⑥又春来，还是长萧索⑦。

①琴韵：琴声。
②薰风：和暖的风，指初夏时的东南风。
③抚：弹奏。
④断弦频：频频断弦。
⑤黄金缕：金线绣饰的衣服。
⑥看看：眼看，转眼。
⑦萧索：萧条冷落，凄凉。

黄钟乐

池塘烟暖草萋萋。惆怅闲霄①含恨，愁坐思堪迷。遥想玉人情事远，音容浑似②隔桃溪③。

偏记同欢秋月低。帘外论心花畔，和醉暗相携。何事春来君不见，梦魂长在锦江西。

渔歌子

柳如眉，云似发。蛟绡④雾縠⑤笼香雪⑥。梦魂惊，钟漏歇。窗外晓莺残月。

几多情，无处说。落花飞絮清明节。少年郎，容易别。一去音书断绝。

---

① 闲霄：闲宵。寂寞无聊的夜晚。
② 浑似：完全像。
③ 桃溪：即桃源。
④ 蛟绡：鲛绡。
⑤ 雾縠：薄雾般的轻纱。
⑥ 香雪：形容肌肤细腻白净、有香气。

明 / 文徵明 / 惠山茶会图（局部）

清 / 恽冰 / 牡丹图

鹿虔扆

六首

鹿虔扆，年里不详。早年读书古诗，看到画壁有
周公辅成王图，即以此立志。后蜀进士。累官学
士，广政间（约 938 ~ 950）曾任永泰军节度使、
进检校太尉、加太保，人称鹿太保。与欧阳炯、
韩琮、阎选、毛文锡等俱以工小词供奉后主孟昶，
忌者号之为"五鬼"。蜀亡不仕。其词今存 6 首。

临江仙

　　金锁重门荒苑静，绮窗①愁对秋空。翠华②一去寂无踪。玉楼歌吹③，声断已随风。

　　烟月不知人事改，夜阑还照深宫。藕花相向野塘中。暗伤亡国，清露泣香红④。

其二

　　无赖⑤晓莺惊梦断，起来残醉初醒。映窗丝柳袅烟青。翠帘慵卷，约砌杏花零。

　　一自玉郎游冶去，莲凋月惨⑥仪形。暮天微雨洒闲庭。手挼裙带，无语倚云屏。

---

① 绮窗：华美的窗户。
② 翠华：多指帝王仪仗，即用翠色羽毛装饰的旗子。此处借代为帝王。
③ 歌吹：歌唱声和吹奏管乐的声音。
④ 香红：借代荷花。
⑤ 无赖：无聊。谓多事而使人讨厌。
⑥ 莲凋月惨：形容女子的仪容憔悴。

女冠子

凤楼琪树 ①。惆怅刘郎 ② 一去。正春深。洞里愁空结，人间信莫寻。

竹疏斋殿迥 ③，松密醮坛阴。倚云低首望，可知心。

其二

步虚 ④ 坛上。绛节霓旌 ⑤ 相向。引真仙。玉佩摇蟾影，金炉袅麝烟。

露浓霜简 ⑥ 湿，风紧羽衣 ⑦ 偏。欲留难得住，却归天。

---

① 凤楼琪树：女冠居所。
② 刘郎：刘晨。
③ 斋殿迥：佛殿幽深。
④ 步虚：道士诵经之声。刘敬叔《异苑》卷五："陈思王（曹植）游山，忽闻空里诵经声，清远道亮。解音者则而写之，为神仙声；道士效之，作步虚声。"
⑤ 绛节霓旌：道士祭神的符节和旗帜。
⑥ 霜简：白色竹简。道士作法的符牒。
⑦ 羽衣：道士或神仙所穿之衣。

思越人

翠屏欹，银烛背，漏残清夜迢迢。双带绣窠①盘锦荐，泪侵花暗香销。

珊瑚枕腻鸦鬟②乱。玉纤③慵整云散④。苦是适来新梦见。离肠争不千断。

虞美人

卷荷⑤香澹浮烟渚。绿嫩擎新雨。镂窗⑥疏透晓风清。象床珍簟⑦冷光轻。水纹⑧平。

九疑⑨黛色屏斜掩。枕上眉心敛。不堪相望病将成。钿昏檀粉泪纵横⑩。不胜情。

---

① 绣窠：刺绣的花纹图案。
② 鸦鬟：鸦髻。色黑如鸦的丫形发髻。
③ 玉纤：晶润、纤细的手指。
④ 云散：头发散乱。
⑤ 卷荷：未展开的荷叶。
⑥ 镂窗：一作"琐窗"。
⑦ 象床珍簟：精美的床和垫席。
⑧ 水纹：席上的花纹。
⑨ 九疑：山名，今湖南宁远县南，传说舜葬于此。《水经注·湘水》："蟠基苍梧之野，峰秀数郡之间。罗岩九举，各导一溪。岫壑负阻，异岭同势；游者疑焉，故曰九疑山。"也作"九嶷"。
⑩ "钿昏"句：首饰钗钿久未修饰而光泽暗淡，香粉面上常常啼泪纵横。

明 / 吕纪 / 秋鹭芙蓉

阎选

八首

阎选，生卒字里不详。布衣终身。善小词，世称
阎处士。与欧阳炯、鹿虔扆、毛文锡、韩琮并称
五鬼。与毛文锡齐名。

虞美人

粉融红腻莲房①绽。脸动双波慢。小鱼衔玉②鬓钗横。石榴裙③染象纱④轻。转娉婷。

偷期⑤锦浪荷深处。一梦云兼雨。臂留檀印⑥齿痕香。深秋不寐漏初长。尽思量。

其二

楚腰⑦蛴领⑧团香玉⑨。鬓叠深深绿。月娥⑩星眼笑微频。柳夭桃艳不胜春。晚妆匀。

水纹簟映青纱帐。雾罩秋波上。一枝娇卧醉芙蓉。良宵不得与君同。恨忡忡⑪。

---

① 莲房：莲蓬，内有莲子，各子分隔，故名。此指莲花，喻美人面容。
② 小鱼衔玉：鱼形玉钗。
③ 石榴裙：朱红色的裙子。色如榴花，故名。泛指女性裙裾。
④ 象纱：丝织品，制作裙子的材料。
⑤ 偷期：暗地约会。
⑥ 檀印：口红的印迹。
⑦ 楚腰：泛指女子细腰。
⑧ 蛴领：洁白的颈项。
⑨ 团香玉：形容肌肤白嫩而有光泽。
⑩ 月娥：或作"月蛾"。如弯月之眉。
⑪ 忡忡（chōng）：忧愁的样子。《诗经·召南·草虫》："未见君子，忧心忡忡。"

临江仙

雨停荷芰①逗浓香。岸边蝉噪垂杨。物华②空有旧池塘。不逢仙子，何处梦襄王③。

珍簟对欹鸳枕冷，此来尘暗凄凉。欲凭危槛恨偏长。藕花珠缀，犹似汗凝妆。

其二

十二高峰④天外寒。竹梢轻拂仙坛。宝衣行雨在云端⑤。画帘深殿，香雾冷风残。

欲问楚王何处去，翠屏犹掩金鸾⑥。猿啼明月照空滩。孤舟行客，惊梦亦艰难。

---

① 荷芰：荷与菱。
② 物华：自然景物。
③ "不逢"二句：没有遇见神女，楚襄王又在何处做梦呢？
④ 十二高峰：巫山十二峰。见皇甫松《天仙子》"其二"注。
⑤ "宝衣"句：用宋玉《高唐赋》"且为朝云，暮为行雨"句意。
⑥ 金鸾：帝王的车驾。

浣溪沙

寂寞流苏冷绣茵。倚屏山枕惹香尘。小庭花露泣浓香。

刘阮信非仙洞客^①，常娥终是月中人。此生无路访东邻^②。

---

① "刘阮"句：指刘晨、阮肇采药遇仙女事。信非：诚非。
② 东邻：代指美女。典出司马相如《美人赋》："臣之东邻，有一女子。"

八拍蛮

云锁嫩黄烟柳细，风吹红蒂雪梅残。光景不胜闺阁恨，行行坐坐①黛眉攒。

其一

愁琐黛眉烟易惨，泪飘红脸粉难匀。憔悴不知缘底事②，遇人推道③不宜春。

---

① 行行坐坐：行坐不安。
② 缘底事：缘何事。
③ 推道：推说。

明 / 沈周 / 清溪垂钓图

河传

秋雨。秋雨。无昼无夜，滴滴霏霏。暗灯凉簟怨分离。妖姬[①]。不胜悲。

西风稍急喧窗竹。停又续。腻脸悬双玉[②]。几回邀约雁来时。违期。雁归人不归。

---

① 妖姬：妖艳的女子。
② 双玉：双玉箸，指女子泪痕。

明 / 仇英 / 游园图

尹鹗

六首

尹鹗，生卒年不详，仕蜀为翰林、校书郎，累官
至参卿。

临江仙

一番①荷芰生旧沼，槛前风送馨香。昔年于此伴萧娘②。相偎伫立，牵惹叙衷肠。

时逞笑容无限态，还如菡萏争芳。别来虚遣思悠飏。慵窥往事，金锁小兰房。

其二

深秋寒夜银河静。月明深院中庭。西窗幽梦等闲③成。逡巡觉后④，特地⑤恨难平。

红烛半消残焰短，依稀暗背银屏。枕前何事最伤情。梧桐叶上，点点露珠零。

---

① 一番：一度。
② 萧娘：女子的泛称。
③ 等闲：无端。
④ "逡巡"句：逡巡：顷刻，不一会。觉后：醒来后。
⑤ 特地：特别。

满宫花

月沉沉，人悄悄。一炷后庭香袅。风流帝子^①不归来，满地禁花慵扫。

离恨多，相见少。何处醉迷三岛^②。漏清宫树子规啼，愁锁碧窗春晓。

杏园芳

严妆嫩脸花明。交人见了关情。含羞举步越罗轻。称娉婷。

终朝^③咫尺窥香阁，迢遥似隔层城^④。何时休遣梦相萦。入云屏。

① 帝子：此处指蜀宫妃子。
② 三岛：仙境，即三神山。
③ 终朝：终日。
④ 隔层城：隔仙境，比喻难相见。

醉公子

暮烟笼薜砌[1]。戟门[2]犹未闭。尽日醉寻春。归来月满身。

离鞍偎绣袂[3]。坠巾花乱缀。何处恼佳人。檀痕[4]衣上新。

菩萨蛮

陇云暗合秋天白。俯窗独坐窥烟陌。楼际角重吹。黄昏方醉归。

荒唐[5]难共语。明日还应去。上马出门时。金鞭莫与伊。

---

① 薜砌：有苔藓的台阶。
② 戟门：显贵家的门，门前立戟，故称。
③ 绣袂：代指女子。
④ 檀痕：唇红的痕迹。
⑤ 荒唐：行为放荡。

元 / 钱选 / 早秋图

明 / 沈周 / 秋葵图

毛熙震

二十九首

毛熙震，生卒年不详。曾为后蜀秘书监。

浣溪沙

春暮黄莺下砌前。水晶帘影露珠悬。绮霞低映晚晴天。

弱柳万条垂翠带，残红满地碎香钿。蕙风飘荡散轻烟。

其二

花榭香红烟景迷。满庭芳草绿萋萋。金铺闲掩绣帘低。

紫燕①一双娇语碎，翠屏十二晚峰齐。梦魂销散醉空闺。

其三

晚起红房②醉欲销。绿鬟云散袅金翘。雪香花语不胜娇。

好是向人柔弱处，玉纤时急绣裙腰。春心牵惹转无憀。

---

① 紫燕：燕名。也称越燕。体形小而多声，颔下紫色，营巢于门楣之上，分布于江南。
② 红房：闺房。

其四

一只横钗坠髻丛。静眠珍簟起来慵。绣罗红嫩抹酥胸^①。

羞敛细蛾魂暗断，困迷无语思犹浓。小屏香霭碧山重。

其五

云薄罗裙绶带^②长。满身新裛^③瑞龙香^④。翠钿斜映艳梅妆^⑤。

佯不觑人空婉约^⑥，笑和娇语太猖狂。忍教牵恨暗形相^⑦。

---

① 抹酥胸：即抹胸，胸间小衣。
② 绶带：衣带。
③ 裛：熏染。
④ 瑞龙香：龙脑香。
⑤ 艳梅妆：即梅花妆。
⑥ 婉约：娇柔貌。
⑦ 形相：端详，细看。

其六

碧玉冠轻袅燕钗。捧心①无语步香阶。缓移弓底绣罗鞋。

暗想欢娱何计好，岂堪期约有时乖②。日高深院正忘怀。

其七

半醉凝情卧绣茵③。睡容无力卸罗裙。玉笼鹦鹉猒听闻。

慵整落钗金翡翠，象梳④敧鬓月生云。锦屏绡幌麝烟薰。

---

① 捧心：用西施捧心典。
② 乖：背离。
③ 绣茵：绣褥。
④ 象梳：象牙梳。

临江仙

南齐天子宠婵娟①。六宫罗绮三千。潘妃②娇艳独芳妍。椒房兰洞③，云雨降神仙。

纵态迷欢心不足，风流可惜当年。纤腰婉约步金莲④。妖君倾国⑤，犹自至今传。

其二

幽闺欲曙闻莺哢，红窗月影微明。好风频谢落花声。隔帏残烛，犹照绮屏筝。

绣被锦茵眠玉⑥暖，炷香斜袅烟轻。澹蛾羞敛不胜情。暗思闲梦，何处逐云行⑦。

---

① "南齐"句：南齐天子：南齐废帝东昏侯。宠婵娟：贪恋女色。
② 潘妃：东昏侯妃。
③ 椒房兰洞：指潘妃居住的奢华宫殿。
④ 步金莲：《南史·齐东昏侯纪》载，东昏侯凿地为金莲花，使潘妃行其上，曰："此步步生莲华也。"
⑤ 妖君倾国：指潘妃媚惑国君，使国家倾覆。
⑥ 眠玉：指美人睡态。
⑦ 逐云行：用巫山云雨典。

清 / 黄慎 / 桃花源图卷（局部）

更漏子

秋色清，河影澹。深户烛寒光暗。绡幌碧，锦衾红。博山香炷融。

更漏咽。蛩鸣切。满院霜华如雪。新月上，薄云收。映帘悬玉钩①。

其二

烟月寒，秋夜静。漏转金壶初永②。罗幕下，绣屏空。灯花结碎红。

人悄悄。愁无了。思梦不成难晓。长忆得，与郎期。窃香③私语时。

---

① 玉钩：新月。
② 初永：初长。天初转长。
③ 窃香：指男女偷情。用晋贾充之女以奇香私赠韩寿事。

女冠子

碧桃红杏。迟日①媚笼光影。彩霞深。香暖薰莺语，风清引鹤音。
翠鬟冠玉叶②，霓袖③捧瑶琴。应共吹箫侣④，暗相寻。

其一

修蛾慢脸⑤。不语檀心⑥一点。小山妆⑦。蝉鬓低含绿，罗衣澹拂黄。
闷来深院里，闲步落花傍。纤手轻轻整，玉炉香。

---

① 迟日：春日。
② 玉叶：玉叶冠，唐高宗武后女太平公主冠名。以玉为饰，稀世之宝。此指女冠头饰。
③ 霓袖：彩袖。
④ 吹箫侣：用弄玉和萧史事。
⑤ "修蛾"句：修蛾，长眉。慢脸，美丽的脸。慢：通"曼"，柔美。
⑥ 檀心：红唇。
⑦ 小山妆：发髻高耸如小山。

南歌子

远山愁黛碧，横波慢脸明。腻香红玉茜罗轻①。深院晚堂人静、理银筝②。

鬓动行云影，裙遮点屐声。娇羞爱问曲中名。杨柳杏花时节、几多情。

其二

惹恨还添恨，牵肠即断肠。凝情不语一枝芳。独映画帘闲立，绣衣香。

暗想为云女③，应怜傅粉郎④。晚来轻步出闺房。髻慢⑤钗横无力，纵猖狂。

---

① "腻香"句：腻香红玉：香润红腻的肌肤。茜罗：绛色丝罗。
② 理银筝：弹奏银筝。
③ 为云女：用宋玉《高唐赋》序中巫山神女事。比喻所思美女。
④ 傅粉郎：魏何晏面白，魏明帝怀疑他傅粉。此处指情郎。
⑤ 髻慢：发髻乱。

清平乐

春光欲暮。寂寞闲庭户。粉蝶双双穿槛舞。帘卷晚天疏雨。

含愁独倚闺帏①。玉炉烟断香微。正是销魂时节，东风满树花飞。

---

① 闺帏：闺房的帷幕。借指女子居所。

明／仇英／汉宫春晓图（局部）

河满子

寂寞芳菲暗度，岁华如箭堪惊。缅想[1]旧欢多少事，转添春思难平。曲槛丝垂金柳，小窗弦断银筝。

浑院空闻燕语，满园闲落花轻。一片相思休不得，忍教长日愁生[2]。谁见[3]夕阳孤梦，觉来无限伤情。

其二

无语残妆澹薄，含羞觯袂[4]轻盈。几度香闺眠过晓，绮窗疏日微明。云母帐[5]中偷惜，水精枕上初惊。

笑靥嫩疑花拆，愁眉翠敛山横。相望只教添怅恨，整鬟时见纤琼[6]。独倚朱扉闲立，谁知别有深情。

---

① 缅想：缅怀、追想。
② 长日愁生：终日生愁。
③ 谁见：哪见。
④ 觯袂：垂袖。
⑤ 云母帐：以云母为饰的帐。
⑥ 纤琼：指佳人手指。

華清出浴

清／康涛／华清出浴图

小重山

梁燕双飞画阁前。寂寥多少恨，懒孤眠。晓来闲处想君怜。红罗帐，金鸭冷沉烟。

谁信损婵娟①，倚屏啼玉筯②，湿香钿。四支③无力上秋千。群花谢，愁对艳阳天。

定西番

苍翠浓阴满院，莺对语，蝶交飞。戏蔷薇④。

斜日倚栏风好，余香出绣衣。未得玉郎消息，几时归。

---

① 损婵娟：损坏美好姿态。
② 玉筯：玉箸，比喻眼泪。
③ 四支：四肢。
④ 戏蔷薇：嘲弄蔷薇。此处以花比喻美人孤独。

木兰花

掩朱扉，钩翠箔^①。满院莺声春寂寞。匀粉泪，恨檀郎，一去不归花又落。

对斜晖，临小阁。前事岂堪重想着。金带^②冷，画屏幽，宝帐慵熏兰麝薄。

---

① 翠箔：翠帘。
② 金带：指金带枕。

清 / 虚谷 / 枇杷图

后庭花

莺啼燕语芳菲节。瑞庭 ① 花发。昔时欢宴歌声揭 ②。管弦清越。

自从陵谷 ③ 追游歇。画梁尘黦 ④。伤心一片如珪月 ⑤。闲锁宫阙。

其二

轻盈舞妓含芳艳。竞妆新脸。步摇珠翠 ⑥ 修蛾敛。腻鬟云染。

歌声慢发开檀点 ⑦。绣衫斜掩。时将纤手匀红脸。笑拈金靥。

其三

越罗小袖新香蒨 ⑧。薄笼金钏 ⑨。倚栏无语摇轻扇。半遮匀面。

春残日暖莺娇懒。满庭花片。争不教人长相见。画堂深院。

---

① 瑞庭：宫廷。

② 揭：声音高亢。

③ 陵谷：《诗·小雅·十月之交》："高岸为谷，深谷为陵。"喻世事变化。

④ 尘黦：尘斑。

⑤ 如珪月：江淹《别赋》："至乃秋露如珠，秋月如珪。"李善注引《遁甲开山图》："禹游于东海，得玉珪，圆如日月，以自照，目达幽冥。"

⑥ 步摇珠翠：首饰。

⑦ 檀点：红唇一点。

⑧ 蒨：同"茜"。绛红色。茜草根可做绛色染料。

⑨ 金钏：金质手镯。

清／焦秉贞／婴戏图

酒泉子

闲卧绣纬，慵想万般情宠。锦檀①偏，翘股②重。翠云③欹。

暮天屏上春山碧。映香烟雾隔。蕙兰心，魂梦役④。敛蛾眉。

其二

钿匣舞鸾⑤。隐映艳红修碧。月梳斜，云鬓腻。粉香寒。

晓花微敛轻呵展⑥。袅钗金燕软。日初昇。帘半捲。对妆残。

<hr />

① 锦檀：有锦套的檀木枕。
② 翘股：钗饰。
③ 翠云：头发。
④ 魂梦役：魂梦牵。
⑤ "钿匣"句：钿匣：镜匣。舞鸾：镜中孤影。
⑥ 呵展：用口嘘之。使舒展开。

菩萨蛮

梨花满院飘香雪。高楼夜静风筝①咽。斜月照帘帷。忆君和梦稀。

小窗灯影背。燕语惊愁态。屏掩断香飞。行云②山外归。

其二

绣帘高轴③临塘看。雨翻荷芰真珠④散。残暑晚初凉。轻风渡水香。

无憀悲往事。争奈牵情思。光景暗相催。等闲秋又来。

---

① 风筝：悬挂在殿阁塔檐下的金属片，风起作声。又称"铁马"。
② 行云：用宋玉《高唐赋》典。
③ 高轴：高卷。
④ 真珠：荷叶、菱叶上的雨珠。

其三

天含残碧融春色。五陵薄幸无消息①。尽日掩朱门。离愁暗断魂。

莺啼芳树暖。燕拂回塘满。寂寞对屏山。相思醉梦间。

---

① "五陵"句：五陵：富贵家所居的地方。薄幸：指薄情郎。

清 / 华嵒 / 天山积雪图

李珣

三十七首

李珣，字德润，晚唐五代时前蜀梓州（今四川三台）
人，生活于九、十世纪。祖籍波斯，其先祖隋时
来华，唐初随国姓改姓李，安史之乱时入蜀定居
梓州，人称蜀中土生波斯。所吟诗句，往往动人。
与尹鹗交善。事蜀主衍，国亡不仕。有《琼瑶集》，
多感慨之音。其妹为衍昭仪，亦能词，有"鸳鸯
瓦上忽然声"句，误入花蕊宫词中。

浣溪沙

入夏偏宜澹薄妆。越罗衣褪郁金黄①。翠钿檀注助容光。

相见无言还有恨，几回拚却又思量。月窗香径梦悠飏。

其二

晚出闲庭看海棠。风流学得内家妆②。小钗横戴一枝芳。

镂玉梳斜云鬓腻，缕金衣透雪肌香。暗思何事立残阳。

---

①郁金黄：用郁金染成的黄色。泛指黄色。郁金，多年生草本植物，姜科。叶片长圆形，
夏季开花，穗状花序圆柱形，白色。有块茎及纺锤状肉质块根，黄色，有香气。中医
以块根入药，古人亦用作香料，泡制郁鬯，或浸水作染料。《艺文类聚》卷八一引晋
左芬《郁金颂》："伊此奇草，名曰郁金。越自殊域，厥珍来寻。芬香酷烈，悦目欣心。"
《新唐书·西域传下·个失蜜》："（个失蜜）出大珠、郁金、龙种马。"宋王谠《唐
语林·补遗三》："宣宗即位，宫中每欲行幸，先以龙脑、郁金藉地，上并禁止。"
②内家妆：宫内的妆饰。

其三

访旧伤离欲断魂。无因重见玉楼人。六街^①微雨镂香尘。

早为不逢巫峡梦^②，那堪虚度锦江春。遇花倾酒莫辞频。

其四

红藕花香到槛频。可堪闲忆似花人。旧欢如梦绝音尘。

翠叠画屏山隐隐，冷铺纹簟水潾潾^③。断魂何处一蝉新^④。

---

① 六街：泛指繁华街市。
② "早为"句：早为：已是。巫峡梦，指楚襄王梦巫山神女事。
③ 潾潾：水清貌。
④ 一蝉新：指初夏的蝉鸣。

清 / 王鉴 / 仿梅道人山水（局部）

渔歌子

楚山青，湘水渌。春风澹荡①看不足。草芊芊②，花簇簇。渔艇棹歌相续。

信浮沉③，无管束。钓回乘月归湾曲④。酒盈樽，云满屋。不见人间荣辱。

其二

荻⑤花秋，潇湘夜。橘洲⑥佳景如屏画。碧烟中，明月下。小艇垂纶⑦初罢。

水为乡，篷作舍。鱼羹稻饭常餐也。酒盈杯，书满架。名利不将心挂。

---

① 澹荡：犹骀荡。谓使人和畅。多形容春天的景物。
② 芊芊：草木茂盛貌。
③ 信浮沉：听任渔舟漂浮起落。喻旷达处世，不为外物所动。
④ 湾曲：水湾曲折处。
⑤ 荻（dí）：植物名，多年生草本，秋季抽生草黄色扇形圆锥花序，生长在路边和水旁。
⑥ 橘洲：在长沙市境内湘江中，旧时多橘，故称"橘子洲"。
⑦ 垂纶（lún）：垂钓。纶：较粗的丝线，常指钓鱼线。

其三

柳垂丝，花满树。莺啼楚岸①春山暮。棹轻舟，出深浦。缓唱渔歌归去。

罢垂纶，还酌醑②。孤村遥指云遮处。下长汀③，临浅渡。惊起一行沙鹭

其四

九疑山④，三湘水⑤。芦花时节秋风起。水云间，山月里。棹月穿云⑥游戏。

鼓清琴，倾渌蚁⑦。扁舟自得逍遥志。任东西，无定止⑧。不议人间醒醉。

---

① 楚岸：生有丛树的河岸。楚：丛莽。或指楚江之岸。

② 酌醑（xǔ）：饮酒。

③ 长汀：水中长形的洲地。

④ 九疑山：山名，传说舜葬于此山。见鹿虔扆《虞美人》注。

⑤ 三湘水：泛指湘江流域及洞庭湖地区。

⑥ 棹月穿云：月和云倒映水中，舟行其上，状渔翁之潇洒自在。

⑦ 渌蚁：酒。浊酒有滓，初热时如蚁浮于酒面，呈淡绿色。

⑧ 定止：固定的处所；止息之处。晋葛洪《抱朴子·清鉴》："或外候同而用意异，或气性殊而所务合，非若天地有常候，山川有定止也。"

巫山一段云

有客经巫峡，停桡向水湄①。楚王曾此梦瑶姬②。一梦杳无期。

尘暗珠帘卷，香销翠幄垂。西风迥首不胜悲。暮雨洒空祠③。

其二

古庙④依青嶂⑤，行宫⑥枕碧流。水声山色锁妆楼。往事思悠悠。

云雨朝还暮，烟花春复秋。啼猿何必近孤舟。行客自多愁⑦。

---

① 水湄（méi）：岸边，水与草相结合处。《诗经·秦风·蒹葭》："所谓伊人，在水之湄。"毛传："湄，水岸也。"
② 瑶姬：女神名。相传为天帝的小女，即巫山神女。
③ 空祠：楚王曾为神女立庙于巫山，号"朝云"。
④ 古庙：指楚王为巫山神女所立的庙。
⑤ 青嶂：如屏障的山峰。宋陆游《入蜀记》载，神女庙后，"山半有石坛，平旷，坛上观十二峰，宛如屏障。"
⑥ 行宫：离宫。帝王出游临时住的宫室。《入蜀记》载："早抵巫山县……游楚故离宫，俗谓之细腰宫。"
⑦ "啼猿"二句：《水经注·江水》："每至晴初霜旦，林寒涧肃，常有高猿长啸，属引凄异，空谷传响，哀转久绝。故渔者歌曰：巴东三峡巫峡长，猿鸣三声泪沾裳。"

清／任伯年／五伦图

临江仙

帘卷池心小阁虚。暂凉闲步徐徐。芰荷经雨半凋疏。拂堤垂柳，蝉噪夕阳余。

不语低鬟①幽思远，玉钗斜坠双鱼②。几回偷看寄来书。离情别恨，相隔欲何如。

其二

莺报帘前暖日红。玉炉残麝犹浓。起来闺思尚疏慵③。别愁春梦，谁解此情悰④。

强整娇姿临宝镜，小池一朵芙蓉。旧欢无处再寻踪。更堪回顾，屏画九疑峰。

---

① 低鬟：低头。
② 双鱼：钗上的花饰。或指书信。
③ 疏慵：疏慢懒散，精神不振。
④ 情悰（cóng）：情怀，情绪。

南乡子

烟漠漠①，雨凄凄。岸花零落鹧鸪啼。远客扁舟临野渡②。思乡处。潮退水平春色暮。

其二

兰棹举，水纹开。竞携藤笼③采莲来。回塘深处遥相见。邀同宴。渌酒一卮④红上面。

---

① 漠漠：迷蒙貌。
② 野渡：荒落之处或村野的渡口。
③ 藤笼：采莲时所用的藤筐。
④ 卮（zhī）：酒杯。

其三

归路近，扣舷^①歌。采真珠^②处水风多。曲岸小桥山月过。烟深锁，荳蔻^③花垂千万朵。

其四

乘彩舫^④，过莲塘。棹歌惊起睡鸳鸯。游女带香偎伴笑。争窈窕^⑤。竞折团荷遮晚照。

---

① 扣舷：手击船边。多用为歌吟的节拍。
② 真珠：珍珠。
③ 荳蔻：豆蔻。多年生草本植物，初夏开淡黄花，密集成穗状，秋结实，多生于我国南方。
④ 彩舫：画船。
⑤ 窈窕：娴静美好貌。

清／袁江／溪山漁舟

其五

倾渌蚁，泛红螺[1]。闲邀女伴簇笙歌。避暑信船[2]轻浪里。闲游戏。夹岸荔枝红蘸水。

其六

云带雨，浪迎风。钓翁迴棹碧湾中。春酒[3]香熟鲈鱼[4]美。谁同醉。缆却[5]扁舟篷底[6]睡。

---

① 红螺：酒杯。
② 信船：听任小舟飘荡。
③ 春酒：冬酿春熟之酒；亦称春酿秋冬始熟之酒。
④ 鲈（lú）鱼：生活在近岸浅海，夏秋进入淡水河川后，肉更肥美，尤以松江所产最为名贵。
⑤ 缆却：以绳系住船。
⑥ 篷底：船篷下。

其七

沙月静，水烟轻。芰荷香里夜船行。绿鬓红脸谁家女。遥相顾。缓唱棹歌极浦去。

其八

渔市散，渡船稀。越南①云树望中微②。行客待潮天欲暮。送春浦，愁听猩猩啼瘴雨③。

---

① 越南：南越，南粤，古百越之地。
② 望中微：望去微茫一片。
③ 瘴雨：瘴气所凝聚而成的雨。

其九

拢云髻，背犀梳①。焦红②衫映绿罗裾。越王台③下春风暖。花盈岸。游赏每邀邻女伴。

其十

相见处，晚晴天。刺桐④花下越台前。暗里迴眸深属意⑤。遗双翠⑥。骑象背人先过水。

---

① 犀梳：以犀角制作的梳子。
② 焦红：即"蕉红"，用红蕉花染成的深红色。
③ 越王台：遗址在今广东省广州市北越秀山上，汉时南越王赵佗所筑。
④ 刺桐：又名"海桐"，落叶乔木，花、叶可供观赏，枝干间有圆锥形棘刺，故名。原产印度、马来亚等地，我国广东一带亦多栽培。旧时多入诗。亦指刺桐之花。
⑤ 属意：倾心。
⑥ 遗双翠：故意丢失头上的双翠羽（首饰）。一解，遗（wèi），赠送。

女冠子

星高月午①。丹桂②青松深处。醮坛开。金磬③敲清露，珠幢④立翠苔。

步虚声⑤缥缈，想象思徘徊。晓天归去路，指蓬莱。

其二

春山夜静。愁闻洞天⑥疏磬。玉堂⑦虚。细雾垂珠佩，轻烟曳翠裾。

对花情脉脉，望月步徐徐。刘阮今何处，绝来书⑧。

---

① 月午：月挂中天，即午夜。
② 丹桂：桂树的一种，叶如桂，皮赤色。
③ 磬：钵状物，用铜铸成，可作念经时的打击乐器，亦可敲响集合寺众。
④ 幢：仪仗中的一种旗帜。
⑤ 步虚声：道士诵经之声。
⑥ 洞天：道家称神仙居处。
⑦ 玉堂：仙人所居之堂。
⑧ 绝来书：情郎一去，连信也未见寄来。

清／虚谷／松鼠枇杷

酒泉子

寂寞青楼。风触绣帘珠碎撼①。月朦胧，花暗澹。锁春愁。

寻思往事依稀梦。泪脸露桃红色重。鬓欹蝉②，钗坠凤③。思悠悠。

其二

雨渍④花零⑤。红散香凋池两岸。别情遥，春歌断。掩银屏。

孤帆早晚离三楚⑥。闲理铀筝愁几许。曲中情，弦上语。不堪听。

---

① 珠碎撼：帘珠凌乱地摇动。
② 鬓欹蝉：蝉鬓倾斜。
③ 钗坠凤：凤钗坠落。
④ 渍（zì）：浸泡、淋湿。
⑤ 零：飘零、零落。
⑥ 三楚：战国楚地疆域广阔，秦汉时分为西楚、东楚、南楚，合称三楚。后人诗文中多以泛指长江中游以南，今湖南湖北一带地区。

其三

秋雨联绵，声散败荷丛里，那堪深夜枕前听。酒初醒。

牵愁惹思更无停。烛暗香凝①天欲晓。细和烟，冷和雨，透帘

旌②。

其四

秋月婵娟③，皎洁碧纱窗外，照花穿竹冷沉沉。印池心。

凝露滴，砌蛩④吟。惊觉谢娘残梦，夜深斜傍枕前来。影徘徊。

----

① 香凝：香已燃尽。凝，停止，静止。
② "细和烟"三句：窗外的细烟冷雨，透过了帘幕。和：含着、夹着。
③ 婵娟：形容月色明媚。
④ 砌蛩：台阶缝隙的蟋蟀。

望远行

春日迟迟^①思寂寥。行客关山路遥。琼窗^②时听语莺娇。柳丝牵恨一条条。

休晕绣^③，罢吹箫。貌逐残花暗调。同心犹结旧裙腰^④。忍辜风月度良宵。

其二

露滴幽庭落叶时。愁聚萧娘柳眉。玉郎一去负佳期。水云迢递雁书迟。

屏半掩，枕斜欹。蜡泪无言对垂^⑤。吟蛩断续漏频移^⑥。入窗明月鉴^⑦空帷^⑧。

---

① 迟迟：阳光温暖，光线充足。《诗经·豳风·七月》："春日迟迟，采蘩祁祁。"
② 琼窗：精美华贵的窗户。
③ 晕绣：一种刺绣工艺。用彩线纂成花纹，使其色深浅逐渐调和。
④ "同心"句：表示爱情的"同心结"，还在昔日的裙腰之上。同心结，旧时用锦带编成的连环回文样式的结子，用以象征坚贞的爱情。
⑤ "蜡泪"句：双蜡默默，相对垂泪，把蜡烛拟人化。
⑥ 漏频移：时光一刻刻在消逝。移，刻漏上银箭在移动。
⑦ 鉴：照。
⑧ 空帷：帷帐内无所爱之人，故觉空虚。

菩萨蛮

回塘风起波纹细。刺桐花里门斜闭。残日照平芜 ^①。双双飞鹧鸪。

征帆何处客。相见还相隔。不语欲魂销，望中 ^② 烟水遥。

其二

等闲将度三春 ^③ 景。帘垂碧砌参差影。曲槛日初斜。杜鹃啼落花。

恨君容易 ^④ 处。又话潇湘去。凝思倚屏山。泪流红脸斑。

---

① 平芜：草木丛生的平旷原野。
② 望中：视野之内。
③ 三春：春季三个月。农历正月称孟春，二月称仲春，三月称季春。或指三年。
④ 容易：草率，轻易。

春風齋

臨宋人本

清／恽寿平／春风图

其三

隔帘微雨双飞燕。砌花①零落红深浅。捻②得宝筝调。心随征棹遥。

楚天云外③路。动便④经年去。香断画屏深。旧欢何处寻。

---

① 砌花：落在阶上的花。
② 捻：弹奏弦乐的一种指法。
③ 楚天云外：古楚国地域以外，表示路程遥远。
④ 动便：动辄。

西溪子

金缕翠钿①浮动②。妆罢小窗圆梦③。日高时，春已老。人未到。满地落花慵扫。无语倚屏风。泣残红。

虞美人

金笼鹦报天将曙。惊起分飞处④。夜来潜⑤与玉郎期。多情不觉酒醒迟。失归期⑥。

映花避月遥相送。腻髻偏垂凤。却回娇步入香闺。倚屏无语捻云篦⑦。翠眉低。

---

① 金缕翠钿：首饰富丽之状。
② 浮动：颤动。
③ 圆梦：推断梦中事，以定凶吉。
④ 分飞处：分别处。
⑤ 潜：暗地里。
⑥ 失归期：将回去的时间耽误了。
⑦ 云篦：云头篦，饰有云纹，头饰之一种。

河传

去去①。何处。迢迢巴楚②。山水相连。朝云暮雨。依旧十二峰前。猿声到客船。

愁肠岂异丁香结③。因离别。故国音书绝。想佳人花下，对明月春风。恨应同。

其二

春暮。微雨。送君南浦。愁敛双蛾。落花深处，啼鸟似逐离歌。粉檀珠泪和④。

临流更把同心结。情哽咽。后会何时节。不堪回首，相望已隔汀洲。橹声幽。

---

① 去去：远去。
② 巴楚：巴地和楚地。巴，古国名，巴子国，原川东一带，今重庆市。楚，楚国。
③ 丁香结：丁香的花蕾。用以喻愁绪之郁结难解。
④ "粉檀"句：珠泪与粉脂混合而下。

明 / 魏之克 / 二十四番花信图卷（局部）

花间集

总 策 划：刘志则　　产品总监：庞　涓

策划编辑：刘燕妮　　责任编辑：谢仁林

版式设计：苏洪涛　　媒体推广：周莹莹

责任印制：周莹莹　　团购热线：010-84827588

图书在版编目（ＣＩＰ）数据

花间集 /（后蜀）赵崇祚编；（唐）温庭筠等著；
（宋）赵佶等插图 . -- 天津：天津人民出版社，2019.10
ISBN 978-7-201-15258-5

Ⅰ . ①花… Ⅱ . ①赵… ②温… ③赵… Ⅲ . ①词（文
学）—作品集—中国—古代 Ⅳ . ① I222.82

中国版本图书馆 CIP 数据核字 (2019) 第 204400 号

花　间　集

HUA JIAN JI

（后蜀）赵崇祚 编　（唐）温庭筠等 著　（宋）赵佶等 插图

出　　版　天津人民出版社
出 版 人　刘　庆
地　　址　天津市和平区西康路 35 号康岳大厦
邮政编码　300051
邮购电话　（022）23332469
网　　址　http://www.tjrmcbs.com
电子信箱　reader@tjrmcbs.com

责任编辑　谢仁林
装帧设计　苏洪涛

制版印刷　艺堂印刷（天津）有限公司
经　　销　新华书店
开　　本　880 毫米 ×1230 毫米　1/32
印　　张　14
字　　数　216 千字
版次印次　2019 年 10 月第 1 版　2019 年 10 月第 1 次印刷
定　　价　98.00 元